자연과 사람 그리고 사랑

홍성길 시집

시음사
시사랑 음악사랑

시인의 말

시인이라 해도 글을 쓴다는 것은 더구나 시를 쓴다는 것은 많은 인내와 인고의 시간을 요하는 일 중에 하나인 것 같다.

한 줄 한 줄 써 내려가는 글 속에 내가 살아가는 자연의 아름다움을 담아내고 같은 하늘 아래 동시대를 사는 수많은 사람들 중에서도 나와 직, 간접적으로 옷깃을 스쳐 지나다 뗄레야 뗄 수 없는 연이 되어 내게 스며들은 사람들의 이야기, 기쁘고 슬프고 때로는 즐거운 사연, 애잔한 사랑 이야기들을 짧은 시 한 편에 실어낸다는 것이 어쩌면 크나큰 실례를 범하는 것은 아닌지 모르겠다.

도시에서 사업을 하다가 고향으로 내려와 연로하신 부모님을 케어하며 고향의 산천초목을 벗 삼아 본격적으로 농사를 짓기 시작한 지 5년.

도시에서는 경험하지 못했던 자연의 경이로움과 순박한 사람들의 정에 묻혀 일 년 열 두 달 들로 산으로 밭으로 눈코 뜰 새 없는 생활을 하고 있다. 그런 와중에도 내 속에 끓어오르는 시에 대한 열정! 그것 때문에 "자연과 사람이라는 나를 에워싸고 있는 만물에 대한 생각"을 한 편 한 편의 시로 표현하고픈 자연스런 욕구로 글 작업을 하다 보니 자연 속에 사람이, 사람 속에 사람이 들어서는 순간, 움트는 것은 사랑이었음을 알게 되었고 등단 이후, 오랜 시간 가슴 속에만 묵혀 두었던 시집을 출간하게 되었다.

아직은 많이 미숙하고 완결되지 못한 서투른 감정만으로 기나
긴 인고의 시절을 겪고 나야 배출의 환희가 배가 될 시집을 섣
불리 출간하는 것 같아 행여나, 이 시집을 읽어주실 많은 독자
여러분에게 누가되지 않을까 죄송스러운 마음 그지없을 따름
이다.

 제 1시집『자연과 사람 그리고 사랑』출간 준비를 하며 내 마음
속 저 밑바닥부터 훑어내어 차곡차곡 쌓아 올린 나의 시편들을
읊어 보면서 비록 모든 시에 내 마음을 줄 수는 없지만, 이름
없는 농부 시인으로 살아온 평범하기 그지없던 내 인생의 제
1장을 솔직한 감정과 정직한 마음으로 담아냈기에 당당하게
독자 여러분에게 바치고자 합니다.

『 자연과 사람 그리고 사랑 』제 1집 이후, 더 성숙하고 완성된
시향으로 독자 여러분에게 다가서도록 더 많은 노력과 인고의
시절을 감내하겠습니다. 아무쪼록 저의 제 1시집『자연과 사람
그리고 사랑』이 독자분들에게 작은 울림으로 다가가 삶의 위
안과 감동으로 이어지길 바래봅니다. 감사합니다.

『자연과 사람 그리고 사랑』저자

靑松 홍성길 올림

제 1부 자연이야기

제 2부 사람이야기

제 3부 사랑이야기

QR 코드 스마트폰으로 QR 코드를 스캔하면 시낭송을 감상할 수 있습니다.

제목 : 산사에서
시낭송 : 박순애

제목 : 비 련
시낭송 : 박태임

제 1부 자연이야기

사과 한 입

사과 한 입 입에 물면
거친 비바람을 먹는 거다
사과 한 입 입에 물면
뜨거운 햇살을 먹는 거다

사과 한 입 입에 물면
송알송알 맺혀진
농부의 땀방울을 마시는 거다

비바람 불어오면 불어오는 데로
햇살이 뜨거우면 뜨거운 데로
사계절의 역사는 가슴에 품고
해와 달은 머리에 이고
빨갛게 빨갛게 익은 사과 한 입

사과 한 입
입에 물면
세상을 담는 거다.

겨울 바다

텅 빈 겨울 바다
뼛속까지 파고드는
삭막한 바람에도
잔물결만 출렁일 뿐
겨울 바다 너는 요동도 없이
또 한세월을 지키는구나

헤아릴 수도 없고
가늠할 수조차 없는 겨울 바다
변함없는 너의 모습에
옷깃 여미게 하는
삭풍을 맞아도
나, 내일도 너를 만나리

한 줄기 바람에 실려 와
내 심장을 뜨겁게
일렁이게 하는 겨울 바다
너의 우렁찬 외침에
또 한세월을 이겨가리라.

균형추

인생이란
하나를 얻으면
하나를 잃는다

사랑이 있는 곳에
미움이 싹트고
희망이 있는 곳엔
절망도 싹튼다

산다는 것이
항상 좋을 수는 없겠지만
항상 나쁘지도 않다

동그란 굴렁쇠가
멈춤 없이 굴러가고
각진 돌멩이가
구르다 멈춰 서듯이

인생이란

둥글게 둥글게 각 세우지 말고
균형추 맞추어 갈 때
비로소 완성되는
한 편의 역사가 된다.

별

밤하늘에 총총히 수를 놓은 듯
어제도 오늘도 아니 수천 수억 년
그 자리를 지키는 별이여
너는 말이 없어도
내가 먼저 말을 걸고
내가 먼저 꿈을 꾸고
내가 먼저 다짐을 한다

사랑한다고 잘될 거라고
웃을 거라고 용서할 거라고
성공할 거라고

너는 아무 말이 없지만
너를 보면서 나는 꿈을 키우고
또 내가 자란다

그래서 더욱 고맙다 아무런 조건도 없이
내 말을 끝까지 들어주어서
소박한 내 꿈을 끝까지 간직하게 해주어서

오늘도 밤하늘을 가득 수놓은 이름 모를 별들에게
내 이야기보따리를 풀다가 이내 선잠이 든다
그새 내 꿈이 자란다 그 속에서 내가 자란다.

그림자

앞서거니 뒤서거니
멀어졌다 가까워졌다
나의 분신이여
나의 그림자여

외로우나 슬플 때도
아무 일 없는 듯이
내 곁을 지켜주는 네가 있어
힘겨운 날들 속에 묻혀 있어도
나는 늘 웃는다

가로등 불 밝히는 오늘 밤도
내 뒤를 따르며 흐느적 흐느적
나를 지키느라 피로에 지친
또 다른 나 나의 그림자
너를 끌어안고 행복의 보금자리
나의 집으로 간다.

허허, 세월아

곱씹어봐도 허전한 마음
도무지 달랠 길이 없이
무정한 세월은 뒤도 안 보고
썰물처럼 밀려만 가는구나

유수같이 흐르는 세월 따라
꽃다운 청춘은 저만치 갔지만
님을 향한 사랑은 깊어만 가네

쏜살같이 지나는 세월 따라
불타던 젊음은 흘러갔지만
메말랐던 인정은 넓어만 가네

허허, 세월아
가는 세월에 허무한 마음을
지는 청춘에 야속한 마음을
내 어찌 하리요

덧없는 세월에 내 청춘
내 젊음은 저만치 갔어도
사랑은 깊어만 가고 인정은 후박해지고
마음은 더욱 후덕해지니

허허, 세월아
곱다시 흘러나 가거라.

하얀 눈 위를 걸으면

뽀드득 뽀드득
하얀 눈 위를 걸으면
설레이는 기분 뒤로
미안한 마음이 따라온다

아무도 가지 않은
때 묻지 않은
순백의 양탄자 위에
검은 흔적을 남기는 건 아닌지
조심스러워진다

뽀드득 뽀드득
하얀 눈 위를 걸으면
내 뒤를 따르다 움푹 패인 검은 발자국은
어느새 하얀 눈 속에 젖어 들어
하얗게 새하얗게 물이 든다

하얀 눈 위를 걸으면
속세에 찌들어 지친 내 몸은
얼룩진 내 마음은
하얀 눈 속에 녹아내려 다시 태어나고
눈부신 순백의 꽃물이 든다.

13

세 월

내가 서러운 것은
흐르는 세월에 나이를 먹어
늙어가기 때문이 아니라

잔잔한 세월의 바닷속에
온전히 나를 담아두지 못하고
벗어나려 하기 때문이다

세월을 이기려 들지 말고
순응하며 살다 보면
때론 힘겨운 날이 앞길을 막아서도
웃으며 넘어설 수 있을 텐데

내가 서글픈 것은
덧없는 세월에 허전한 마음
홀로 남겨져서가 아니라

격랑 치는 세월의 파고는
저만치 갔는데
아직도 이곳에 발을 묻고
뒤돌아보며 망설이기 때문이다

세월을 붙잡으려 하지 말고
보조 맞추어 가다 보면
때론 가슴을 적시는 슬픈 사연도
저무는 저녁 노을 속으로 묻혀질 텐데.

봄 기운

꿈틀거린다
녹아내리는 엷은 눈포단에 묻혀 겨우내 잠들었던 흙두덩이
가냘픈 빈 가지만 나달거리고
모지락 한 겨울을 지나 온 목련꽃 봉오리

어디서 왔는지 무슨 기운인지
도무지 알 수는 없지만

명주실 비단실을 짜아내는
누에의 마지막 몸부림처럼
봄을 기다리는 간절함으로
온몸이 꿈틀거린다

하늘에서도 대지에서도 이 세상 모두가
냉기 덮은 겨울의 긴 터널을 나와
온기 품은 봄날의 따사로움을 맞을 채비로
분주하기만 하다

겹겹이 동여맸던 내 마음도
한꺼 한꺼 껍질을 벗고
오물오물 봄기운 스며들어
뭔지 모를 설레임에 울컥울컥 꿈틀거린다

볼을 스치는 신선함 그 화사한 봄기운에
긴긴 겨울날을 곤히 잠자던 이내 마음이
애살포오시 기지개를 켠다.

봄이 오면

봄이 오면 재 너머 실개천엔
살얼음 녹아 흐르는 소리
남에서 들려오겠지

봄이 오면 동구 밖 들길을 따라
봄나물 캐는 아낙네 입가엔 미소가 가득
콧등엔 봄내음이 가득

봄이 오면 동장군 가던 길 멈추고 돌아서서
물러가는 아쉬움의 시샘자락
꽃샘추위 불러오겠지

그래도 새날의 먼동은 트고
새벽녘 종소리에 실려 봄은 이만치 오겠지
꽃샘바람을 밀어내고

두툼한 땅껍질 뚫고서
몽롱한 얼굴 내미는 초록의 아기 싹은 하얀 솜털 깍지를 벗고
연약한 속살 내미는 연분홍의 꽃눈들은
봄의 향연 모락모락 피워내겠지

봄이 오면 덕지덕지 붙여놨던 문풍지도 떼어내고
꽁꽁 채워두었던 마음의 빗장도 내려서
솔솔솔 불어오는 봄내음따라
산으로 들로 봄나들이 가자꾸나

아장아장 걸음마 넘어져도
다시 일어서는 어린 아기의 용기를 담아서
새로운 시작이란 기대와 설레임을 품고서
미지의 세계로 조심조심 까치발 내딛어 보자.

청산에 살어리랏다

살어리 살어리 살어리랏다
더디 가면 어떠하리요
노량 가면 어떠하리요
봄나물 캐는 아낙네 손등에 묻어나는 봄향기 타고

살어리 살어리 살어리랏다
꽃피는 청산에 살어리랏다
머언 산허리 휘돌다
부서지고 깨지는 운무 쫓아서

있으면 있는 대로
없으면 없는 대로
욕심도 버리고 마음도 비우고
살어리 살어리 살어리랏다

무심한 청산에
살어리랏다.

봄여름가을 그리고 겨울

누가 알려 주었나
봄은 울긋불긋 꽃향기로 피고
여름이 오면 화려했던 겉옷을 벗고
왔다 간다는 궁색한 변명도 없이 제자리 비워주라고

누가 가르쳐 주었나
여름은 초롱초롱 열매로 맺고
가을이 오면 긴 햇살 푸르른 잎사귀
누렇게 누렇게 물들어 길섶마다 고개 숙여가라고

누가 일러 주었나
가을은 황금물결로 출렁이고
겨울이 오면 화려했던 전설은 뒤로하고
흩날리는 낙엽 따라 구수한 흙내음으로 돌아가라고

누가 알리요 봄여름가을 그리고 겨울이
자연스레 돌고 도는 섭리를
앞서지도 뒤서지도 아니하며
제때 신명 나게 노닐다 미련 없이 제 길로 가는 것을

나는 지금
어느 계절에 서 있나.
어디로 가야 하나.

논 물대기

동녘 저편에 먼동이 틀 때면
농부의 하루는 어김없이 시작된다
한쪽 어깨에 걸쳐 맨 괭이자루와 함께

이 논둑 이 물꼬를 열고 저 논둑 저 물꼬를 막고
일 년 농사의 시작을 위해 일 년 농사의 풍년을 위해
논에 물대기로 하루를 연다

흙탕물이든 구정물이든 흐르는 물만 있다면
적당히 받아두고 갇어 두어야 모이삭을 키울 수 있으니
농부의 하루는 분주하기만 하다

한없이 주어지는 논물이 아니기에
하늘이 주면 주는 대로
받을 수 있으면 받는 대로 거스릴 여유도 없이
새까맣게 타들어 가는 농부의 마음은 여념이 없다

물이 채워져야 자라는 모처럼
물이 비워져야 영그는 벼이삭처럼
우리의 몸과 마음도 제대로 채우고 제대로 비워져야
비로소, 가을날 갈바람에 고개 숙여 익어가는 벼이삭처럼
누렇게 누렇게 익어가리라.

장미꽃

어떤 슬픈 사연 있길래
온통 붉은 꽃물로 물들였나
어떤 기쁜 사연 있길래
온통 붉은 꽃물로 물들였나

슬퍼서도 아니요 기뻐서도 아니라면
누구를 위하여
이글거리는 뙤약볕 아래서도 숨지를 않나

무슨 사연 그리 많길래
꼬깃꼬깃 구겨진 종이짝처럼
겹겹이 숨겨놓은 꽃잎 속으로 노란 수숫대는 숨겨 가는가

장미꽃, 너와 눈 마주치면
줄기 타고 오르는 여린 가시마다 작은 위엄이 서려 있고
내 맘속 깊은 곳까지 파도치듯 밀려오는 붉은 물결
슬픔인지 기쁨인지 모를 장렬함으로 큰 함성으로 솟구친다

전설 같은 사연은 꼬깃꼬깃 구겨진 꽃잎 사이에
사뿐히 숨겨 둔 채로
그렇게 그렇게 남겨 둔 채로
오고 가는 사람들 탄성에 우아한 자태만 뽐내는구나

장미꽃, 너와 눈 마주치면
희뿌연 세상 우울했던 마음도
빨갛게 빨갛게 새빨갛게 타오른다.

하얀 목련

하얀 목련이 필 때면
시린 가슴 가슴마다
그리움 쌓인 가슴마다
새하얀 꽃눈이 내린다

님을 향한 간절함으로
님을 향한 몸부림으로
휘도는 바람 따라
그윽한 향으로 다시 피어난다

하얀 목련이 질 때면
슬픈 가슴 가슴마다
외로움에 멍든 가슴마다
자줏빛 꽃물이 내린다

님을 향한 애잔함
님을 향한 그리움은 흩날리는 꽃잎 따라
저만치 멀어져만 간다
아련한 추억만을 남기고.

고추밭 연가

한 고랑 한 고랑
발밑에서 숨 턱까지
차오르는 지열을 밟으며
수도자의 길을 걷는다

한낮의 햇살보다 더 붉은
한낮의 열기보다 더 매운
고추를 따며

어느새
저리도 붉은 향 타오르는지
어느새
저리도 매운 향 펴오르는지

구슬방울 땀방울
손등을 타고 내릴 제
이랑 이랑 붉게 물든 고추 따라
인내로 지켜온 그것

얼기설기 서려 있는 뜨거운 열정에
붉게 물든 이내 마음도
주섬주섬 광주리에 주워 담는다
누군가의 입가에 미소짓게 할
붉은 고추와 함께.

천지의 비애

이 나라 이 민족의 하늘이 시작되고
땅기운이 맞닿는 곳
천지의 푸르른 불기운이 온몸을 휘어감는다

지척에 두고도 평생에 한 번이나 올까 말까
그것도 남의 땅을 밟고 돌고 돌아야 드나들 수 있는 곳
백두산 슬픈 천지여

눈 앞에 펼쳐지는 천지의 원시림
엷은 물안개 속에 숨었다 나타나는 네 모습에
뿜어져 나오는 기쁨의 환호성
그 미소 뒤에 따르는 서글픔과 아쉬움의 연유를
천지여! 너는 아느냐

이 나라 이 민족의 정기를 품고도
그 기새와 맵시를 당당히 드러내지 못하는
천지의 비애를
오늘에야 몸소 느끼고 가는구나.

깊어가는 가을밤엔

시들시들 또 하루가 머언 산 너머로
기우는 석양빛을 따라 들어간다
어느 이의 발길조차 허락지 않는 깊은 그 곳으로

가을이란 계절 앞에 쓰여진 그 이름
그리움과 외로움과 허전함에 둘러싸여도
곱게 포장한 사랑이란 두 글자만 남겨 놓은 채

손을 뻗으면 잡힐까 발을 뻗으면 다을까
지난날의 뜨거웠던 추억은
옥빛 하늘 하얀 솜털구름따라 정처없이 흘러만 가고

살포시 옷깃 여미게 하던 가을날의 스산함도 잠들어
창 너머에 휘청이는 무화과 나뭇가지 가지마다
달빛마저 깃드는 밤이 오면

꽁꽁 숨죽였던 그리움은 되살아나고
온 마음을 휘젓던 외로움도 덩달아
깊어가는 가을밤엔 더 깊어만 간다

깊어가는 가을밤엔
그리움은 씨줄이 되고 외로움은 날줄이 되어
내게 남은 가을빛 사랑을 그리다
알록달록 물들어 가는 들꽃처럼
곱다시 고운 꽃물이 든다.

3센치의 미학

그대는 아는가
우리가 먹고 마시는 그 모든 것들의 근원을
당신이 즐겨 먹는 과일 당신이 좋아하는 채소
그 모든 것들의 태생을

1센치도 안되는 콩알만 한 씨 한 톨이
영점오 센치도 안되는 거름숲에 덮여
누군가 주는 물 한 모금에 기지개를 켜다
수많은 햇살을 주워 먹고 수많은 비바람을 갈라 먹고
쏟아지는 농군의 땀방울을 양분 삼아 열매 맺는다는 것을

그대는 아는가
여리디여린 벼이삭도 좁쌀만 한 볍씨 한 톨에서 왔음을
척박한 논바닥에 옮겨져 더도말고 덜도말고
달랑 3센치의 물에만 잠기면
살갗을 태우는 뜨거운 햇살도 이겨내고
휘청거리는 비바람에도 꿋꿋하게 뿌리를 내리고
푸르디푸른 초원을 이루다 황금물결로
고개 숙인 벼이삭 되어가는 것을

그대는 아는가
우리네 마음은 우리네 가슴은 얼만큼의 깊이애 잠겨 있어야
휘몰리는 세상살이 내몰리는 모진 풍파에도
인생이란 굴곡진 길을 흔들림 없이
걸어갈 수 있을까 3센치면 가능할까
저 들판에 푸르른 모이삭처럼.

공존의 그늘

소달구지 덜컹거리던 그 길에는
경음을 울리며 내달리는 사륜차만이
신초록의 황금물결 흐르던 그 곳에는
고층 아파트 이름 모를 건물들만이
고향의 하늘을 가리어간다

밤 낮을 벗 삼아 일하던 농심(農心)은
낯설은 고층건물 난간에 매달려
늘 푸르던 들녘을 향해 망향제를 올리고
을씨년스런 바람만이 언젠가는 사라질
텅 빈 들녘을 휩쓸고 간다

사람이 물러나고 인정마저 메마른 대지 위에
촘촘히 들어서는 누각들 사이로
마음속 전경으로 남겨질 논두렁
누군가 뿌려놓은 나락으로 허기때우는
한무리 까마귀 떼마저 갈 곳이 좁아져만 간다

시대의 흐름이랴
세대의 흐름이랴 어찌하랴마는
농심은 도심으로 흩어지고
공존의 그늘에 갇혀가는 고향의 들녘은
아리한 기억 속에 향수로만 남으려나 보다.

철 새 1

어디로 가야 하나
어느 곳 어느 하늘 아래 둥지를 틀어야 하나
날이 새면 내달리고 날이 지면 머무는 곳
그 곳이 내 터요 내 둥지인 것을

지나는 곳곳 스쳐 지나는
수많은 옷깃 사이로 수많은 사연 사이로
사무치게 스며들고 싶지만

나와 너 우린 모두 언젠가 아무 일 없다는 듯
그냥 스쳐 지나갈 바람인 것을
그냥 스쳐 지나갈 기억인 것을
길이 없다고 갈 곳이 없다고
울 일도 슬퍼할 일도 아닌 것을

잠시 머물러 가는 곳
잠시 쉬어 가는 곳
그곳에 정을 묻고 정을 내리고
그렇게 그렇게 고르로이 날다 살아가다
떠나는 철새의 운명인 것을

지나는 곳이 길이 되고 머무는 곳이 둥지가 되는
머언 산 먼 하늘을 지키는 철새처럼
그렇게 그렇게 조금씩만 채워가며 살아가면 되는 것을

어디로 가야 하나
어느 곳 어느 하늘 아래
둥지를 틀어야 하나.

둥 지

님이시여, 내 님이시여
물설고 낯설어도 서로의 마음을 달래며
달빛에 불 밝히고 별빛에 길 밝히며
날줄 씨줄 정을 엮던 여기로 오소서

행여나 어둠 속에 갇히실까 봐
행여나 어둠 속에 헤매실까 봐
설레설레 고개 저며 지나치실까 봐
님 기다리는 마음을 녹여내어

한치한치 발길 닿는 곳곳 비단구름 꽃길을 내고
한치한치 손길 머무는 곳곳 청사초롱 불 밝혔으니

행여나 지나치지 말고 행여나 망설이지 말고
달빛이 일러주는 데로 별빛이 일러주는 데로

지난 시절의 추억이 숨 쉬고
진한 사랑의 꽃내음 샘솟는
우리의 둥지로 찾아오소서
당신의 둥지로 날아가소서

오늘도 내일도 기다림에 지친 목메인 절규는
산천을 헤매이다 헤매이다
우리 사랑이 고이 깃든
둥지 한자락에 곤히 잠이 듭니다.

진달래 처녀

연분홍 치마저고리에
하이얀 옷고름 맺으려고
인고의 세월을 묵묵히 견디어왔는가

엄동설한 북새 바람도 이겨내고
춘삼월의 꽃샘추위도 참아내고
발자국 디디는 길섶마다
고운 자태 출렁이는 진달래 처녀

진분홍 날갯짓에
하이얀 옷고름 입에 물고
길 지나는 나그네의 감탄사에
덩더꿍
 춤사위가 절로일세

가신 임을 기다리는 그리움의 눈물인가
고운 임을 맞이하는 반가움의 눈물인가
발자국 디디는 봄길 들녘마다
선한 봄바람에 진분홍 꽃물을 들이네.

가을 사랑꽃

무심코 비워둔 가슴 한켠에
남몰래 스며드는 건
그리움이더라

그리움에 사무쳐 잠 못 드는 밤
창가를 서성이다 가버리는 건
세월이더라

그리움만 던져놓고 떠나간 세월이
내게 남겨놓은 건
눈물이더라

그리움에 뒤척이다 흘린 눈물에
홀로 피는 건
가을 사랑꽃이더라.

가을의 길목에서

가을의 길목에서
빨갛게 익어가는 사과처럼
당신의 꿈도 고운 빛으로
물들었으면 좋겠습니다

토실토실 입 벌리는 밤송이처럼
당신의 꿈도 여무지게
살 오르면 좋겠습니다

황금물결 출렁이는 들녘처럼
당신의 꿈도 황금빛으로
영글었으면 좋겠습니다

가을의 길목에서
온몸을 파고드는 갈바람엔
잔잔한 평화가 그대의 가슴을 적시고

온몸을 파고드는 가을 햇살엔
그윽한 행복의 향기가
그대의 마음에 옹골차게 깃들었으면 좋겠습니다.

병따개

목마른 갈증을 씻고져
타오르는 목마름을 떨치고져
시원한 탄산수 한잔을 마시고져
병따개를 찾는다

주섬주섬 구석구석 이리 보고 저리 봐도
찾을 수 없는 병따개
이 타오르는 갈증은 어찌 할까나

조그만 병따개 하나만 있으면
탄산수 기포에 흠뻑 젖어
십 년 묵은 체증이 내려가듯
이내 몸도 개운할 텐데

내 속에 잠겨 있는
뜨거운 열정 천연의 사랑을
저 탄산수의 상큼한 기포처럼 훨훨 따올라
펄펄 넘쳐나게 해 줄
나의 병따개는 어디 있을까.

봄 비

주룩주룩 봄비에
멍울진 가슴
쓰라린 기억 말끔히 씻겨가고

새로이 움이 틀
애기싹들처럼

얼룩진 추억 속에 빗장마저 잠겨
긴긴 겨울잠에 움츠렸던 내 마음도
살며시 다가와
창문을 두드리는
봄비에 깨어나
힘찬 기지개를 켠다.

세월의 징검다리

아스라이 멀어져 가는 내 청춘의 세월들
한겹 한겹 쌓아 온 영욕의 시간도
붉게 타는 노을 속으로 저물어간다

고즈넉한 겨울 들녘
나즈막한 초록산 마루에 둘러앉아
유유히 노닐던 구름조각도
야멸찬 댑바람에 떠밀려간다

온 자리 지난 자리 내 젊음의 세월들
한숨 한숨 차오르는 아쉬운 미련도
스쳐 지나는 바람 속으로 멀어져간다

땀과 정열로 범벅이 되도록
애면글면 버텨온 애달픈 내 청춘도
흐르는 세월은 피할 길 없어
또 다른 세월의 징검다리를 건넌다
새롭게 다시 태어날 나를 만나러.

새벽 이슬

고난의 인생 여정에 어둠이 내리면
밀물처럼 몰려오는 아릿한 외로움
썰물처럼 멀어지는 아련한 그리움
이내 지친 심신에 똬리를 튼다

이리척 저리척 잠 못 드는 밤
맷돌에 눌려야 숙성되는 장항아리처럼
상념에 억눌린 밤하늘엔
갈래갈래 달빛마저 차갑다

새녘동살에 검푸스름 새벽 기운
대지를 뒤덮은 어둠을 걷어내고
푸드덕푸드덕 둥지를 차고 나온
새들의 재잘거림에 먼동이 튼다

눈동자에 아롱진 영롱한 새벽이슬
심신을 짓누르던 잡념을 삭여내고
멈춰버린 인생 여정 그 길 가운데로
다시금 나를 서게 한다.

낙엽을 태우며

생을 다하고도 갈 곳을 잃어버렸나
바람에 흩날리다 나부시 내려
길섶을 가득 메운 구릿빛 낙엽

화려했던 과거는 이미
서랍 속 사진첩에 들어앉았는데
우쭐대던 영욕의 세월은 저무는 석양 따라 가버렸는데

아직도 과거의 영화 속에 얽매여
흘러간 청초의 세월을 그리워하는가

발밑에 나뒹구는 낙엽을 태우면
한 줌은 하얀 재가 되어 흙으로 가고
또 한 줌은 바람에 나부끼며 가달춤을 추듯 제 길로 가누나

낙엽을 태우며
내 속에 빼곡히 숨어든 시기와 질투
허황된 욕구와 욕망 상념의 잔상들을
활활 타오르는 화염 속으로 던져버린다

낙엽을 태우며
나는
본연의 나로
다시 돌아간다.

겨울의 서곡(첫 서리)

동녘 기운을 몰고 오는 새벽빛에
문밖을 나서보니
세상에 온통 윤빛이 난다

바스락거리던 낙엽 위에도
시들시들하던 대지 위에도
눈부실 정도는 아니지만
순백의 서리가 내린다

이제야 겨울의 시작이구나
생각하는 순간 문득
주마등처럼 스쳐 가는 모습
울 아버지 울 엄니 곱디곱던 얼굴

새까맣게 짙던 검은 머린
어느새 백수(白 首)되어 흩날려서도
깊게 패인 주름마저 당당하신 당신도
또 다른 계절을 그렇게 맞이하셨으리

온누리를 하얗게 빚어놓은 첫서리가
대지에 촉촉이 스며드는 첫서리가
엷은 미소 뒤에 따라 올
매서운 겨울의 서곡인 것처럼.

가을 애상

깊어가는 가을의 애잔한 햇살 아래
푸르던 날 여름날의 추억은 색이 바래
쓸쓸한 가로등 불빛 속에 잠이 든다

언제나 세상은 초록일 줄 알았는데
언제나 내 모습은 청춘일 줄 알았는데
언제나 내 사랑은 영원할 줄 알았는데

황금빛으로 물들다 떨어지고
구릿빛으로 물들다 흩어지고
부스럭부스럭 발밑에 구르는 낙엽들처럼

내 사랑도 내 청춘도 울긋불긋 단풍이 들어
온다간다 말없이 늘어져만 가는 갈햇살 그림자 속에
숨어들다 갈바람에 실려 속절없이 간다

젊은 날의 기억은 여름날의 청사랑은
산산이 부서지는 그리움으로 흩어져
가을 애상(愛傷)만을 남긴 채

그렇게 그렇게 가을은
또 다른 계절 속으로 나를 몰고 간다.

고추밭에서

숨은 턱까지 차오르고
앉아만 있어도
빗물처럼 흐르는 땀방울에 미칠 것만 같은 시간

풀 수북한 고추밭에 엎드려
이글거리는 햇살을 머리에 이고
바글거리는 지열을 가슴으로 누르며 아장아장 기고 있다

내 님의 입술보다
더 붉게 타들어 가는 고추를 바라보며
회심의 미소를 지어본다

빗물에 젖었나
땀방울에 젖었나
머리를 뒤덮은 밀짚모자 속에 숨어서

타오르는 햇살보다 더 뜨거운
붉은 고추보다 더 매운
인내의 바다 인생의 바다에 홀로 서 있는 나
사랑스런 나를 내가 꼬옥 안아준다
고추밭에서.

초가집

황토흙으로 밥 지어 놓고 돌멩이로 깍두기 담그고
지푸라기로 이불 지으며 노닐던 어린 시절

햇살 달구어진 낮이면
대청마루 목침 베고 누우신 울 할배 노랫가락
처마 끝에 매달린 흙집에 어미 기다리는
제비 새끼 애타는 소리마저 정겨웠던 그 시절

뉘엿뉘엿 붉은 노을 질 때면 굴뚝마다 모락모락 피어나는 연기 따라
사랑이 익어가는 소리 소여물 풀어지는 내음
동구 밖까지 퍼졌었는데

땅거미 내려앉은 버드나무 가지마다 하나둘 별빛이 걸릴 때면
앞내울 개구락지 뒷산에 뻐꾸기 울음소리에
깊어가는 어둠만큼 꼬막손 꼬맹이의 꿈도 무럭무럭 자라던 시절

이제는 아스라이 멀어져간 기억 속에
눈을 감아야만 만나볼 수 있고
어디를 가도 그 시절 옛스런 정겨움은 마음속에만 남아 있지만

힘들 때나 슬플 때나 격랑 치는 세월의 굴곡을 마주할 때도
그 시절의 살가운 추억들이 나와 한 몸 되어
나를 예까지 데려다 주었네.

비가 오는 날엔

비가 오는 날엔
괜히 슬퍼지려 하네

너와 빚은 고운사랑
빗물에 얼룩질까 봐

비가 오는 날엔
괜히 슬퍼지려 하네

너를 향한 연한 그리움
빗물에 지어질까 봐

파랑 우산속엔
곱게 수놓은 파란 사랑을

노랑 우산속엔
널 그리다 피어난 노란 그리움을

비가 오는 날엔
고이고이 담아 둘까 보다.

단 비

연약한 솜털 뿌리 내리지 못하고
불타오르는 태양 볕에 메말랐던 대지에
단비 내리면

허약한 수염뿌리 흙더미를 뚫고
이글거리는 태양열에 고개 숙였던 초목은
머리를 든다

목마름에 지친 대지에
흙먼지에 묻힌 대지에
촉촉함이 번지는 단비 내리면

갈래갈래 갈라진 산천은
청초록의 물결로 이어져
다시 살아나고 다시 살아 숨 쉰다

인정에 목마르고 척박한 삶의 굴레굴레
굴곡진 골골마다 진초록의 생기 불어주는 꽃물처럼
천군만마 같은 단비처럼,

누구라도 가림없이 고운 삶에 깃들게 하고
미소지으며 다시 일어서게 하는
선선한 단비 같은 영롱한 산소 같은 사람이고 싶다
그런 사람이고 싶다.

바람의 친구

샛바람에 소소리바람 마파람에 높새바람
갈바람에 하늬바람 댑바람에 뒤바람

저 바람들은 어디서 시작해
어디로 가는지 알 수는 없지만
늘상 우리는 그 속에서 살아지네

기쁠 때나 슬플 때나 힘들고 괴로울 때도
노상 우리는 그 속에서 숨을 쉬고
울며 사랑하며 또 그렇게 잠이 드네

기쁨의 눈물 흘릴 때는
흐르는 바람결에 그 기쁨은 윤이 나고
슬픔의 눈물 흘릴 때는
지나는 바람결에 그 슬픔도 마르리라

어디서 불어와 어디로 가는지
알 수도 피할 수도 막을 수도 없는
바람이라면

바람의 친구가 되어 인생길 구비구비마다
만나는 그 바람결에 엷은 입맞춤 하고
바람이 머무는 그 자리엔 둥지를 틀어
살며 사랑하며 단꿈을 꾸리라.

철새 2

어쩌면 처음부터 우린
철새였는지도 모른다
날이 새면 이리저리 쉼 없는
날갯짓으로 새 흔적을 새기고
날이 지면 머무는 곳 그 어디라도
정을 내리고 정을 붙이며 새 둥지를 트는
철새였는지도 모른다

내 집도 내 둥지도 정해진 건 하나 없어도
방황할 이유도 조급할 이유도 없이
어차피 우린 세상 속에 수많은 자취를 남겨도
언젠가는 빈손에 알몸으로
저세상으로 가야만 하는 운명인 것을

어쩌면 처음부터
우린
철새였는지도 모른다

정해진 거 가진 거 하나 없어도
매일매일이 새롭고 행복하기만 한
철새였는지도 모른다.

하늘과 땅

땅을 딛고 일어서야
하늘을 올려볼 수 있다

세상을 잉태하고 또, 살지게 하고도
돌덩이 같은 불덩이 같은 세상의 무게를
온몸으로 이고 있어도
좋다 싫다 불평 한마디 원망도 하지 않고 변함없이
제자리 지켜주는 땅이 되고 싶다
주고 주고 또 주어도 못내 아쉬워
돌아서서 옷고름 적시는 어머니 같은 그 땅을 닮고 싶다

햇살이 뜨거운 날에도 비구름 몰려오는 날에도
누구나 비상할 수 있도록 길 터주고
기쁜 날은 기쁜 데로 우울한 날은 우울한 데로 있는 그대로
세상을 밝혀주는 하늘이 되고 싶다
주고 주고 또 주어도 못내 아쉬워
돌아서서 눈시울 감추시는 아버지 같은 그 하늘을 닮고 싶다

땅을 딛고 일어서야
하늘을 올려볼 수 있다.

겨울 하늘

모두 떠나간 겨울 하늘
살을 에는 칼바람에 덩그러니
햇살 하나 품고도 겨울 하늘
너는 고즈넉이 또, 한 세월을 나는구나

화려했던 날도 우울했던 날도
내 곁을 스쳐 가는 한낱 바람이었음을
삭풍에 얼어붙은 대지 위에
홀로이 서 있어도 행복할 수 있음을
겨울 하늘 너는 내게
넌지시 일깨워 주는구나

한 움큼의 햇살로도 충분한 겨울 하늘
너의 뜨거운 열기에 언 손 마디마디 녹이고
꽁꽁 동여맸던 마음의 빗장도 열어
세월 저편으로 숨어들어 얼룩지고 잊혀져가는
눈먼 그리움에 마지막 입맞춤을 한다

찬 서리 서리 내린 겨울 산야 그 허허벌판 위로
잿빛 구름만이 삼삼오오 쓸쓸히 맴돌아도
말없이 흐르는 겨울 하늘 너처럼
나는 오늘도 태연하게 당당하게
새 세상 맞으러 마중을 간다.

제 2부 사람이야기

천상의 기도

서쪽 하늘로 해 지고
저녁노을 붉게 타오를 때면 두 손 모아 기도하리라
나로 인해 슬퍼하고 아파했던 세상의 모든 인연에게
석고대죄하는 마음으로 기도하리라

눈이 부시게 푸르른 날에도
눈물겹도록 힘겨운 날에도
내가 살아 내가 살아 육신의 일탈 없이 숨 쉬고 있음에
감사한 마음으로 기도하리라

첫 번째 기도는
금수강산 지키다 들꽃으로
먼저 가신 님들의 명복을 위하여
두 번째 기도는
내 삶의 일부가 되고 슬픔이 되어도
내 곁에 머무는 인연의 행복을 위하여

마지막 기도는
위선과 만용의 탈을 벗어 던지고 거지 같은 욕심도 태워 버리고
야윈 가지만 덩그러니 남아도
지친 새들의 쉼터가 되고 놀이터가 되어주는 초라한 고목처럼
가진 것은 없어도 나누고 베풀며 더불어 살라는
소박한 삶 갈구하는 천상의 기도하리라.

그대 있음에

그대 있음에
세상이 나를 버려도
하나도 두렵지 않네

그대 내 곁에 있음에
어두운 밤길을 헤매여도
하나도 외롭지 않네

또, 새벽이 오면
늘, 그러했듯이
내 옆에 곤히 잠들어 있을
그대 있음에
나는 오늘도
살아갈 수 있을 테니.

내 나이 오십 즈음에

내 나이 오십 즈음에
하늘의 높은 뜻 얼마나 알리요
꽃은 피고 지고 해는 뜨고지고
세월은 그렇듯 온다간다 말도 없이 정처 없이 흐르는데

생의 반환점을 돌고 돌아
왔던 길 되돌아간들 인생이 보이리요
동구 밖 언덕배기에 올라
숨 가쁜 고개를 들어본들 하늘이 보이리요

내 나이 오십 즈음에
쓸어내어 비우고 지우고 또 지워도 벗어날 수 없는
깊은 골 뿌리박힌 내 모습에 슬퍼하거나 노여워 하지 말자

내 나이 오십 즈음에
억지로 알려고도 억지로 찾으려고 하지도 말자
지나온 인생길에 스치듯 만나갔던 숱한 인연이
숱한 하늘이 이미 내 속에 자리해 있으니

지그시 눈 감아보면 지난날은 주마등처럼 지나갈 뿐
머언 산허리 휘어감은 운무 거치고 나면
그제서야, 인생이 보이고
그제서야, 하늘의 뜻을 알아가리니

내 나이 오십 즈음에
아직도 생의 반이 남아 있으니 조급해 하지도 서두르지도 말고
하늘이 일러주는 데로 바람이 부는 데로 천천히
남은 세월 속으로 몸을 던져보자.

여보게 촛불은 끄지 말게
(회고가 - 노년의 슬픔)

여보게,
나도 왕년에는 어깨에 꽤나 힘 주고
갈지자(之) 주름 잡으며
거들먹거리던 때도 있었다네

몇 날 며칠을 꼬박 새우고
몇 날 며칠을 술독에 빠져 살아도
끄떡없던 날도 있었다네

여보게,
제아무리 강철같던 체력도
펄펄 끓는 용광로 같던 젊음도
세월이 얹어주는 무게 아래서는
어쩔 수 없을 걸세

머리는 녹이 슬고 손발은 무뎌지고
가슴마저 얼어붙어
사랑, 그 좋던 사랑도
그리움, 그 눈물 나던 그리움도
내 속에선 잠이든 지 오래일세

세상에 어둠이 내리고
가로등 하나둘 불 밝혀도
여보게, 촛불은 끄지 말게

언 가슴 살살 녹여 낼
가녀린 불망울에라도
내 속에 잠들었던 그리움이 살아나고
사랑도 깨어나면
온전하고 정갈한 모습으로
내 다시 살아갈 수 있을 테니.

내일이 없다면

내일은 없다면
아마도 나는 꿈을 꾸지 못했을 것이다
오늘이라는 캠퍼스에 한그루 사과나무를 심고
땀방울로 대지에 색을 입히는 것은
탐스럽게 익어 붉은 빛으로 물들어 갈 그 날
바로 내일이란 꿈이 있기 때문이다

내일이 없다면
아마도 나는 희망을 꿈꾸지 못했을 것이다
오늘이라는 굴레 속에 이꽃 저꽃 찾아 떠도는 벌나비처럼
손발이 붓고 가슴이 까맣게 타들어가도 참고 이겨내는 것은
어둠을 물리고 솟아날 한 줄기 빛
바로 내일이란 희망이 있기 때문이다

내일이 없다면
아마도 나는 휴식을 생각하지 못했을 것이다
오늘이라는 용광로 속에 탈 듯 말듯 장렬 하는 열정을 실어
온몸에 피멍이 들어도 오늘 이 뜨거운 길을 달리고 또 달리는 것은
휘몰아치는 거센 파도 뒤에 찾아오는 잔잔한 물결
바로 내일이란 휴식이 있기 때문이다

내일은 꿈이요 희망이요 휴식이지만
덤으로 얻어지는 게 아니기에
하루를 살다가는 하루살이의 꿈을 딛고
지치고 쓰러지고 넘어져도 사력을 다해 달리리라

오늘을 넘어야 내일이 온다
오늘을 제대로 넘어서야
내일을 만날 수 있기 때문이다.

내 이름만 불러 주어도

그대가 있어 내 이름만 불러 주어도
한걸음에 달려가
그대 품에 꼬옥 안기겠습니다

그대가 있어 내 이름만 불러 주어도
내 속에 시름과 슬픔 모두
사르르 녹아내릴 겁니다

그대가 있어 내 이름만 불러 주어도
그대 생각만으로도
매일매일 다른 세상을 살아갈 겁니다

그대가 내 곁에 있어 내 이름만 불러 주어도
거친 숨 몰아쉬고
온몸에 아롱지는 땀방울에 지치고 힘든 날을 살아도
외롭지도 슬프지도 않게
고운 꿈나래로 곤히 잠들 수 있을 겁니다

그대가 있어 내 이름만 불러 주어도
그것만으로도 나는 행복합니다.

일 년을 산다는 것은

일 년을 산다는 것은
내 속에 잠겨 있는
삼백육십오 개의 작은 방을
하나하나 비워가는 것이다

아침이 오면
작은 방 하나 열어 아낌없이 쓸고 비워서
열정을 쏟고 정성을 실어
아쉬운 여운 남기지 말고 비워야 한다

비우다 만 방에는 미련이 남아 있고
후회가 남아 있고 아쉬움이 남아 있어
더 지치고
더 힘들다

오늘도 작은 방 하나
죽을 힘을 다해 비우고 나면
없어지고 사라짐이 아니라
내일이면 꽃이 피고 주렁주렁 열매 맺으며
새롭게 새롭게 다시 채워진다

일 년을 산다는 것은
내 속에 잠겨 있는
삼백육십오 개의 작은 방을
하나하나 비워가는 것이다.

가던 길을 멈추지 마라

인생길 가다 보면
싱그러운 꽃향기 속을 유영하듯 거닐 때도 있지만
장대비 쏟아붓는 진창 속을 헤엄치듯 빠져갈 때도 있다

우리네 인생살이가 원하고 뜻하고
바라는 대로만 흐르고 또 흐르면 좋으련만
그런 인생이 얼마나 있으리오

내 조그만 두 손에 내 비좁은 마음에
잡아 둘 수도 가둬둘 수조차 없는 무정한 세월이라면
가던 길을 멈추지 마라

햇살이 내리면 즐겁게 햇살 받으며 가고
비바람 불면 당당하게 비바람 맞으며 가고
그렇게 그렇게 가던 길을 가라
절대 가던 길을 멈추지 마라

먼 훗날, 아스라이 멀어져 간 인생의 뒤안길에
아물지 않은 상처가 아직 남아있어
발걸음을 붙잡아도 뒤돌아서지 말고 가던 길을 가라
가던 길을 멈추지 마라

후회와 미련이 파고들기 전에
회한의 눈물이 마르기 전에
가던 길을 어서 가라 가던 길을 멈추지는 마라

인생이란 끊임없이 도전하다 넘어지면 또다시 일어서고
손발이 부르터도 포기하지 않을 때
비 갠 뒤 떠오르는 무지개처럼 비로소
내게도 찬란한 월계관을 씌워 주리라.

산다는 건 그런 거다 – 아들에게

얘야, 나의 아들아,
사랑스런 나의 아들아!
인생을 살다 보면
햇살 쾌청한 좋은 날도 많지만
비바람에 먼지 풍파 궂은날도 있단다
그래도 멈추지 말고 끝까지 가거라
산다는 건 그런 거다

얘야, 나의 아들아,
귀여운 나의 아들아!
인생길 가다 보면
고운 모래 신록 우거진 초원도 밟지만
첩첩산중 돌고 돌아 기암절벽도 오르고
죽을 각오로 건너야 하는 강물도 만난단다
그래도 포기하지 말고 끝까지 가거라
산다는 건 그런 거다

애야, 나의 아들아,
기나긴 여정에 발걸음이 무겁고 지칠 때면
가는 길에 만나는 그 누구라도
네가 먼저 정다운 말동무가 되어 쉬어 가고
다시 일어나 갈 때는
네 등 뒤에 짐 중에서 제일 무거운
물 한 통 쌀섬이나 내려놓고 가려무나
네 뒤에 오는 누군가도 너만큼은 힘들 거다

사랑하는 나의 아들아!
나를 낳아 주신 너의 할아버지도
너를 키우면서 너의 이 애비도
그렇게 그렇게 여기까지 왔단다
산다는 건 그런 거다.

철수야, 영희야 어디 갔니?

만국기가 펄럭이던 운동회 날도
코눈물이 범벅이던 졸업식 날도
짜장면 한 그릇이면 남 부럽지 않던 때도 있었지
그땐 그랬지

양지바른 텃마당에 옹기종기
말타기며 구슬치기 줄넘기며 사방치기
서쪽 하늘 어둑어둑 해 질 무렵까지
시간 가는 줄도 모르고 팔팔 날며 뛰놀던 때도 있었지
그땐 그랬지

새벽종이 울리면 반쯤 잠긴 새우눈 비비고
까치집 더벅머리 부스스해도 기지개를 켜고 나와
집 앞 골목 골목마다 비질을 하며 반갑게 인사하던 때도 있었지
그땐 그랬지

백옥같이 순수했던
데이지 꽃잎처럼 천진난만했던
철수야, 영희야,
코흘리개 철수야, 영희야 어디 갔니?

밤인지 낮인지 분간도 없이 휘영청 불타는 네온싸인 아래
치닫는 자동차 불빛 따라 세상은 밤낮없이 환하기만 한데
그날의 철수와 영희는 보이지 않네

그때 그 시절의 철수와 영희는 어디로 갔나?
여덟 살의 순수했던 철수야, 영희야 어디 갔니?
먼지만이 소복하게 쌓인
추억의 책장 속에 갇혀 있나.

어머니

당신은 늘, 바다이셨습니다
누구라도 허물없이 들어와 노닐다 가게 해 주는 그런 바다이셨습니다
당신은 늘, 땅이셨습니다
누구라도 뿌리 내려 곧게 자라도록 자리 내주시는 그런 땅이셨습니다
당신은 늘, 철인이셨습니다
며칠 밤을 꼬박 새셔도 내일이면 또다시 자식을 위해 촛불 밝히시던
그런 철인이셨습니다

오늘에야 알았습니다 당신도 사람이라는 것을
아플 때는 돌아서서 눈물 감추시고
기쁠 때는 소리내어 미소 지으시며
바다가 되고 땅이 되어 그렇게 살아오셨다는 것을

당신이 늘, 그래 왔던 것처럼
오늘도 내일도 그 다음에 다음 날도
바다처럼 땅처럼 때로는 철인처럼 그렇게 살아가세요

흰 머리가 나고 기운이 약해지셔도
허리가 휘고 이가 모두 빠지셔도
당신은 내게 영원한 바다요 땅이요
철인으로 살아가실 테니까요.

아버지

당신은 늘, 하늘이셨습니다
그 누구도 감히 뛰어오를 수 없는 그런 하늘이셨습니다
당신은 늘, 기둥이셨습니다
누구라도 등 기대어 쉬어갈 수 있는 그런 기둥이셨습니다
당신은 늘, 철인이셨습니다
오늘은 넘어져도 내일이면 또다시 저만치 앞서가시는
그런 철인이셨습니다

오늘에야 알았습니다 당신도 사람이라는 것을
아플 때는 돌아서서 눈물 감추시고
기쁠 때는 소리내어 웃음 지으시며
하늘이 되고 기둥이 되어 그렇게 살아오셨다는 것을

당신이 늘, 그래 왔던 것처럼
오늘도 내일도 그 다음에 다음 날도
하늘처럼 기둥처럼 때로는 철인처럼 그렇게 살아가세요

흰 머리가 나고 기운이 약해지셔도
허리가 휘고 이가 모두 빠지셔도
당신은 내게 영원한 하늘이요 기둥이요
철인으로 살아가실 테니까요.

어느 70대 노부부의 사랑이야기

여보시게, 미안하구려
남자라는 한량없는 자존심 때문에
사랑한다 사랑한다는 그 말 한마디
가슴속에 묻어둔 채로
무심한 세월을 그렇게 흘러왔구려

미안하오, 정말 미안하오
곱디곱던 그 모습 지켜주지 못해서
흐르는 세월을 잡아주지 못해서
그러나 아직도 내게 당신은 그때 그 청춘이라오

잘난 자식도 못난 자식도 품 안의 자식이었음을
이 몸이 쑤시고 저 몸이 저려도
약손은 오직 당신의 주름진 그 손이란 걸
가슴을 헤치는 눈물이 말해 주는구려

여보시게, 이해하시게
아니, 용서하시게
당신의 손 맵시가 아니었다면
구수한 된장국을 여지껏 먹을 수나 있었겠는가?
고약한 투정도 묵묵히 받아준 당신이기에
수천 번을 되뇌어도 고마운 당신이라오

여보시게, 괜시리 서글퍼지는구려
갈 길은 아직 구구만리인데
서산에 지는 해는 아직 불타고 있는데
하루가 다르게 약해져만 가니
구비구비 인생길도 몇 구비 안 남았나 보오

긴 한숨 뿜어내고 뒤돌아보니
주마등처럼 지나온 길은 아득하기만 하고
굽은 허리 깊게 패인 주름이라도
거친 손 거머쥐고 담배 한 모금
나눌 벗이 옆에 있어 참, 행복하다오

푸르디푸른 신록의 청초함은 아니어도
젊음을 불사르던 꿈결 같은 사랑도
가슴 시린 슬픔도 함께 나눈 당신이기에
머지않은 황혼의 뒤안길이라도
같은 날 같은 시에 걸어가면 좋으련만

당신 없는 세상은 내게 아무런 의미가 없고
내가 없는 세상이 당신에게는
어떤 의미일지 생각해보지만
그건 아마도 나만의 욕심일게요

연지곤지 찍고 시집오던 날
사모관대 입고 장가가던 날이
어제 일처럼 아련하기만 한데
인생은 유수같이 흘러 예까지 왔구려

먼 훗날 다시 태어난다면
나 같은 사람은 만나지 말고
더 좋은 사람 만나 호강하며 편히 사시게
그때도 나는 당신을 또 붙잡겠지만
당신은 그냥 지나쳐 가시게

미안하오, 잘해 주지 못해서
저 구름 속의 붉은 해가
영원히 지는 그날까지
당신만을 그리다 그렇게 가려 하오
당신만을 사랑하다 그렇게 가려 하오.

외줄 인생

발꿈치가 터지고
손등이 부르터도
가야만 하는 길이 있다

산이 막고 물이 앞을 막아서도
가시나무 숲을 헤치고서라도
사나운 물너울을 넘어서라도
가야만 하는 길이 있다

송곳 같은 햇살이 온몸을 찌르고
장대 같은 빗물이 온몸을 때려도
가야만 하는 길이 있다

하늘 한번 올려다볼 여유도 없이
길섶 꽃길에 눈길 한번 줄 겨를도 없이
오로지 앞만 보고 외줄 타듯이
가고 또 가야만 하는 길이 있다

나의 아버지여 나의 어머니여
우리의 아버지여 우리의 어머니여

당신은 늘 이렇게 호되고도 고독한
외줄 인생길을 타면서도
누군가를 탓하지도 않으시며
주름진 입가엔 미소마저 잃지 않으시니
내 어찌 고개를 들 수 있으리요.

산사의 풍경소리

인적 없는 산사에
고요함을 깨우는 풍경 소리 은은하게 퍼진다

산사의 동녘 하늘로 참새떼 한 무리
아침을 몰고 온다

부처님이면 어떠리요 예수님이면 어떠리요
성모 마리아면 또 어떠하리요
모든 믿음은 자신 속에 있고 우리네 삶 속에 늘 함께 했는데

산사의 은은한 풍경 소리
잔잔한 호숫가에 고개 내민 연꽃향에 실어져
세상과 소통하는구나

떠나버린 연인 남겨진 연인에게는
애증의 슬픈 기억 모두 지우고
잘 살기를 바라는 도량으로 정진케 하시고

스치듯 지나간 인연 가슴속에 묻어둔 인연에게는
미운 생각 슬픈 상념 모두 떨치고
오롯이 좋은 생각 행복한 그리움만 남게 하시고

산사의 은은한 풍경 소리
산허리 휘도는 운무 타고 솔이파리 잠 깨우는 바람에 실어져
세상과 소통하는구나

모든 인연을 대할 때는 본심으로 지극정성을 다하고
자신을 대할 때는 엄동설한 칼바람처럼 냉철함으로
선량과 지량의 도 쌓게 하시고

부모님과 형제지간 혈육의 정 흐르게 하고
이웃과 친구지간 인간 본연의 정 흐르게 하고

더불어서 사는 게
진정한 행복임을 자각하게 하는구나

산사의 은은한 풍경소리
서산에 지는 노을 따라 선잠이 드는구나.

당신의 등 뒤에 제가 서 있을께요
- 부모님께 올리는 마음 -

나 어릴 적에 넘어지고 엎어질세라 애지중지 내 뒤를 지켜주시고
추워하고 아파할세라 고사리손 잡아주며 감싸주시던
당신의 그 모습이 어제 일처럼 눈앞에 선합니다

어느새 예까지 왔는지 어느새 여기까지 흘러왔는지
무심한 세월을 헤쳐오신 당신이 넘어지고 엎어질세라
당신의 등 뒤에 제가 서 있을게요
추워하고 아파질세라
당신의 거칠어진 두 손은 제가 꼬옥 잡아드릴게요

봄이 가면 여름이 오고
가을 길 걷다 보면 매서운 겨울을 만나듯
인생의 사계절에 지친 당신을 위해 당신의 등 뒤에 제가 서 있을게요

차디찬 냉기가 온몸을 휘감아도 쌓인 눈 녹이는 봄 햇살처럼
당신의 옆자리는 제가 지펴 놓을 테니
황량한 겨울을 다시 만나도 봄 여름날의 양지녘처럼
가을날의 풍성한 들녘처럼 따사로운 숲길로 해맑은 미소 머금으시며
또 다른 인생의 사계절을 유유히 걸어가세요
당신의 등 뒤에 제가 서 있을게요.

멈춰버린 시간 속에서도

앙상한 나뭇가지
바싹 말라 땅속까지
묻혀버린 구릿빛 낙엽들

잿빛 구름만이 두둥실
스산한 하늘가를 지키고
횡한 삭풍은
세월의 고삐를 잡아채건만

산천초목은
멈춰버린 시간처럼
백설의 눈꽃 속에 몸을 숨기고
내리 깊은 겨울잠을 잔다

멈춰버린 시간 속에서도
갈 곳을 찾아 헤매는 철새처럼
가시덤불 속에 몸을 숨겨도
새날을 지피려는 뜨거운 기운은 쉼 없이 꿈틀거리고

산야에 흐르는 정적을 깨우러
식어버린 찻잔 속에 잠긴 내 그리움
멈춰버린 시간 속에 잠든 내 사랑도
새날을 갈망하는 뜨거운 마음에
다시금 기지개를 켠다.

그러려니 하고 살지요

햇살 반가운 날에는 가물가물 피어오르는 아지랑이 속을 걸어요
희망이란 두 글자를 가슴에 새기며
그러려니 하고 살지요

오늘 못다 한 일이 있어도 아쉬움에 뒤돌아 한숨 짓지 말고
가슴을 활짝 펴고 걸어요
내일이란 기회가 아직 남아 있으니 그러려니 하고 살지요

오늘 속상한 일이 있어도 가슴속에 가두어 두지 말고
마음을 활짝 열고 걸어요
그 사람은 나보다 더 아플 테니 그러려니 하고 살지요

이 세상엔 영원한 건 없나 봅니다
영원한 행복 영원한 기쁨 영원한 슬픔이란 없나 봅니다
오늘은 기쁨에 묻혀 살아도 내일이 오면 슬픈 그림자가
내게로 덮쳐 올지도 모르고

기쁘거나 슬프거나 행복하거나 불행하거나
내 마음이 지어낸 그림이기에
체념이 아니라 나약함이 아니라 내가 더 편해지고
내가 더 강해지기 위해서라도 그러려니 하고 살지요

어제 같은 오늘만 아니라면 오늘 같은 내일만 아니라면
한 발 한 발 종종걸음 까치걸음일지라도
앞으로 나아갈 수만 있다면
세파에 휩쓸리지 않도록 나 자신을 꼬옥 붙들고
그러려니 하고 살렵니다.

農 心 (농부의 마음)

일 년 삼백예순닷새
매일 매일이 똑같은 일상처럼
세상을 온통 붉게 달궈논 채
석양은 또 아무 일 없듯 뒷걸음질해 간다

햇살이 쨍쨍 비치는 날에도
바람이 쌩쌩 날리는 날에도
빗물이 억수로 내리는 날에도
빈 여백만을 남긴 채 정처 없이 간다

일 년 삼백예순닷새
얼키설키 얽힌 세월의 굴레 속에
땅을 보듬는 농부의 마음은 분주하기만 하고
흐르는 촌음에도 간절함만 더해간다

햇살 비치는 날에는 뜨거운 햇살을 머리에 이고
바람 부는 날에는 거센 바람을 등으로 막으며
비 오는 날에는 억수 같은 빗물을 가슴으로 맞으며

일 년 열두 달을 늘 한결같이
하루해가 짧기만 한 농부의 손길은
삼백예순다섯 가지 겹겹의 사랑으로
메마른 원시림의 대지에
덧없는 생의 긴 여백에
農心을 심고 또 심는다.

내 이름 석 자

내 이름 석 자를
가슴에 품고 산다

삼라만상에 즐비한 군상 속에
미미한 점 하나에
불과할지 모르지만

내가 하는 일은
어느 누구라도 할 수 있고
지금 나의 자리는
어느 누가 와도 지킬 수 있겠지만

내 이름 석 자가
창공에 모였다 흩어지는 뜬구름 속에
물거품처럼 지워지지 않도록

내가 아니면 안 되는
내가 살아야 하는
존재의 의미를 등에 짊어지고서라도

나는 오늘도
내 이름 석 자를 당당히 가슴에 달고
거친 가시덤불 전장 같은 불구덩이 세상 속으로
서슴없이 들어간다.

苦 行

할까 말까 갈까 말까
살까 말까 망설임 속에
사는 동안 순간 순간
부딪히는 결단의 순간들

지금 내 눈에 들어오는 타인의 눈빛 때문에
마음이 흔들려 더 깊은 방황을 하는지도 모른다
비교하기 싫어서 견주기 싫어서
눈을 감으려 해도 감을 수 없다

차라리 마음을 닫아
고독을 즐기는 수도승처럼
가시밭길 마다않던 예수님처럼
피할 수 없는 내 인생의 바다라면
망망대해 달빛 어린 돛배에 홀로이 떠가도 외로워하지 않으리

사는 동안 나로 인해 더 큰 슬픔에 빠질지도 모르지만
내가 선택한 인생이기에 원망도 후회도 하지 않으리
순간순간 선택의 기로에 서서
키를 움켜쥔 것은 바로 내 손이기에

사는 동안 그 길이 어둠 속에 잠긴
고난의 길일지라도 웃으며 인내하며 걸으리
어차피 내일을 산다는 것은
오늘 걸어보지 못한 또 다른 苦行의 길을 걷는 것이니.

24시간

어느 누구에게나 공평한 게 있다면
오늘 하루는 곧 죽어도 24시간이라는 것이다
좋거나 말거나 많거나 적거나
해는 떴다가 어김없이 지고
도무지 아무도 기다려주질 않는다

그 짧은 시간에 세상이 바뀌고
그 짧은 시간에 운명이 바뀌는 것은
지금 이 순간 당신의 마음에 달려있다

당신의 발밑에 당신의 길 앞에
수북이 쌓인 검불을 헤치는 것은
지금 이 순간 당신의 손에 달려있다

그게, 오늘 하루
당신에게 주어진 24시간의 미션이라면
원망이나 팔자타령은 그 다음에 해도 늦지 않는다
24시간이 어떤 이에겐 길고 길지만
어떤 이에겐 짧기만 한 연유다

버스가 지난 뒤에 손을 흔드는 이가 당신이 아니길
째깍째깍 흐르는 초침이 울부짖는다
그렇게 오늘 하루는 곧 죽어도 24시간이라는
명제만을 남기고 아무 말 없이 쏜살같이 멀어져 간다.

장 막

희미한 연무가 거치고 나서야
안개 속에 숨어들었던 신천지가 열리듯
우리네 인생에 우후죽순 널려진
고정관념 선입견도 한꺼풀 한꺼풀 벗어 던져야
진한 삶의 모습을 볼 수 있으련만

눈앞에 펼쳐진 세상은 자욱한 안개 속에 묻힌 속진일진데
일분일초 촌각을 기다리지 못하고 그 속에만 맴돌다 가는 이 태반이요
눈에 들어오고 귀로 밀려들고 세 치 혀로 그려진 일그러진 세상은
사상누각의 빛 좋은 개살구련만

장막이 거치기도 전에 희뿌연 연무 속에 갇히어
진정 본연의 세상을 보기도 전에
진정 본연의 사람을 만나기도 전에
제멋대로 세상을 재단하는 누를 범하지 않기를

세상은 세상대로 고유의 멋으로
사람은 사람대로 본연의 모습으로
내 눈꺼풀에 씌워진 장막을 걷어내고 나서야
나를 둘러싼 세상의 본 모습을
나를 에워싼 사람들의 본 모습을 볼 수 있으련만
눈앞을 자욱이 매운 장막을 벗겨내지 못함은
버리지도 못하고 움켜쥐고만 있는
허무한 욕심 때문일까.

등대 의자

오늘은 문득
펄펄 끓다 이내 식어버리는
주전자 속의 맹물이 아니라
그윽하게 우러나는 국화향 같은
사람이 되고 싶다

오늘은 문득
누군가에 기대어 서는
부목이 아니라
누구나 내게 기대어 쉬어 갈 수 있는
등대 의자이고 싶다.

내 인생의 단, 하루

내 인생에 단, 하루
내 등에 얹혀 있는 모든 짐을
내려놓는 날이 오늘이었으면 좋겠습니다

내 인생에 단, 하루
외줄 타는 곡예사의 근심 어린 눈망울처럼
새파랗게 멍든 가슴 새까맣게 타는 마음
쓸어 내는 날이 오늘이었으면 좋겠습니다

내 인생에 단, 하루
기쁨도 슬픔도 모르고 사랑도 외로움도 모르고
욕심도 거짓도 모르던 원래의 나로 돌아가

내가 걸어왔던 오솔길 그 길가에 누워서
순수했던 예전의 모습으로 바다 같던 예전의 마음으로
돌아가는 날이 오늘이었으면 좋겠습니다

내 인생에 단, 하루
그런 날이 바로,
오늘이었으면 좋겠습니다.

시간의 향기

지금 흐르는 시간
이 시간 속에는
인내와 열정의 향기가 배어 있고

앞에 다가올 시간
저 시간 속에는
설렘과 희망의 향기가 배어 있고

이미 지나간 시간
그 시간 속에는
그리움과 추억의 향기가 배어 있다.

이랴이랴 워워

개나리 진달래 너풀거릴 때면
들녘에서 들녘으로 이어지던 소리
이랴이랴 워워 행복을 부르는 소리

누렁소를 앞세워 쟁기를 끌고 나면
드러나는 고운 황토흙에
온몸을 적시던 땀방울도
온몸에 파고들던 고단함도
이내 삭아들던 그 시절

세월의 징검다릴 수없이 건너와
아스라이 멀어진 추억 속에 잠겨
귓전을 맴도는 가락이지만
희미한 기억을 더듬다 보면
어느새 그 시절의 논밭길을 거닌다

누렁소를 몰던 정겨움도
흥겨운 가락도 사라진 지 오래지만
덩실덩실 어깨춤을 추게 하던 소리
이랴이랴 워워
풍년을 부르는 소리

가슴에서 가슴으로 전해오는 뜨거운 농심을
달래던 소리 이랴이랴 워워
풍년을 그리며 흥얼거리던 소리
내 고향 산천초목 황금물결로 출렁이는 땅내음에
살포시 내가 젖는다.

산사에 서면

선들선들 산바람
어깨에 앉았다 이내 갈 때면
속세에 찌든 나를 저 멀리 데려가네
눈앞의 이익만을 뒤쫓다
일그러진 내 모습 흐트러진 내 마음도
흐르는 바람결에 말끔히 씻겨가네

세상은 가만가만 제 길만 가는데
채우고 채워도 또 채우려 손 내밀던
부끄런 내 마음의 녹물 든 빗장도 화들짝 허물어지네

인생이란
말없이 흐르는 강물처럼
티 없이 흐르는 구름처럼
정처 없이 나리는 빗물처럼

소리 없이 왔다가 소리 없이 한 줌 흙으로 흘러가는 것임을
알면서도 외면하던 어제의 가증스런 나를 데려가네
한 움큼의 물을 붙잡아도 결국 빈손인 것을
스치는 한 줌 바람에도 온몸으로 화답하는 풍경소리

얼룩이 삭아든 내 마음엔
은빛 출렁이는 고요한 물결만 일고
산사에 서면 어제의 나를 태우고
또 다른 나로 다시 태어나네.

자장가

금자동아 은자동아 우리 아기 잘도 잔다
귓전을 맴맴 돌던 울 엄니 자장가 소리에
내 영혼이 밝아지고 토닥토닥 토닥이던
울 엄니 고운 손길에 내 심장이 뛰었다

눈 한번 감았다 뜬 것뿐인데
바람에 밀려온 세월 시계는 반백 년이 흘렀어도
울 엄니 자장가 소리
울 엄니 따스한 손길
아직도 내 영혼을 감싸고
내 심장을 달구고 있네

무심한 세월 속에 얼룩진
울 엄니 자장가 소리
울 엄니 고우신 손길
이제는 희미한 울림으로만 남아
아득한 기억 속에 잠겨 있어도
내가 사는 그날까지
나를 도담스레 살아지게 하여
영원히 꺼지지 않을
내 마음의 심지가 되리라.

구멍 난 장화

어느새 이렇게 되었나
여기도 때우고
저기도 때우고
이젠 더이상 때울 곳도 없는데

너만 신으면 논두렁 밭두렁
어디든지 맘 놓고 다녔었는데
비가 오면 빗물이
물가에 들어가면 질금질금 물이 스며들고

뒷굽은 닳을 때로 닳아서
삐딱하게 안짱걸음 하게 하니
살아온 세월만큼이나 걸어온 산 들길 만큼이나
얼룩이 빼곡히도 배였구나

그래도 나는 버리지 못하네
내 분신 같은 구멍 난 장화

내 삶의 흔적이 인생의 체취가
네 몸 구석구석 주섬주섬 박혀 있으니
오늘 밤도 신줏단지 모시듯
고이 모셔 놓고서야 곤하게 잠이 든다

구멍 난 장화를
내 곁에 두고서야
또다시 희망을 엮는다.

추억을 먹고 산다

검정 고무신에 보자기 책보
콧물 젖은 하얀 손수건
기억 저편에 머무는 옛 추억에 오늘도 웃는다

말타기를 하던 소년은
아버지가 되고 할아버지가 돼도
고무줄놀이하던 소녀는
엄마가 되고 할머니가 돼도

화려한 그림은 아닐지라도
아른아른 떠오르는 보랏빛 옛 추억에 젖으면
슬픈 시련 가시밭길을 걸어도 웃으며 간다

가치를 매길 수도 몇 갑절의 돈으로도 살 수조차 없는
정겨운 옛 추억에 발을 담그면
힘겨운 날 한잔 술에 온몸이 젖어도 웃으며 간다

세상이 무상하게 변해가도 세월은 무심하게 흘러가도
아릿한 옛 추억이 내 속에 있어
뜨거운 가슴으로 오늘을 산다
나는 그 추억을 먹고 산다.

햇살, 바람 그리고 사랑

당신은 햇살 햇살입니다
어느 곳 어느 하늘 아래 살아 숨 쉬어도
내 머리맡에 내려앉아 따사로운 기운 심어주는
당신은 영롱한 햇살입니다

당신은 바람 바람입니다
어느 곳 어느 하늘 아래 우뚝 서 있어도
내 옷깃 새로 스며들어 감미로운 전율로 감싸주는
당신은 포근한 바람입니다

당신은 사랑 사랑입니다
동이 트고 달이 지나도 온새미로
내 맘을 온통 사로잡아 살뜰한 생각 좋은 꿈만 꾸게 하는
당신은 지극한 사랑입니다

당신은 햇살이요 바람이요 지극한 사랑이어서
잠시만 떨어져 있어도
당신은 늘 내 가슴속에만 살아
함께 호흡하고 함께 거닐며
같은 하늘 아래 살아갑니다.

운 명

되돌릴 수도
지나칠 수도 없는 운명이라면
팔자라는 구차한 변명으로
주저앉지 마라

생을 다하는 그 순간까지
있는 힘을 다하여
메말라가는 운명의 대지에
씨앗을 뿌리고
온기를 심어
진정한 주인공이 돼라.

조금만 천천히 가면 안 되겠니

조금만 천천히 가라
아직 담아두지 못한 아름다운 세상이
지천에 널려서 발길만 조급해지니

조금만 천천히 가라
아직 비워내지 못한 일그러진 마음이
너무나 무거워 주저앉을 것만 같으니

수천, 수억 년을 살아도
변함없이 흐르는 저 강물처럼
변함없이 흐르는 저 하늘처럼
수천, 수만 번의 낙숫물에 깎여야 반질거리는
저 댓돌처럼
조금만 천천히 가라

얽히고설켜 가는
세상이란 굴레 속에 갇혀 있어도
빈손으로 왔다가
빈손으로 가는 게 인생인 것을
부질없는 미련도 허황스런 욕심도
훌훌 털어버리고 빈 마음으로 돌아가려니

세월아,
무심한 세월아
조금만 천천히 가면 안 되겠니.

송 편

송편 하나 입에 물고 세상의 모든 기쁨을
세상의 모든 슬픔을 한숨에 먹는다
소달구지 워낭소리 앞을 세워 쇠스랑 둘러메고
아침을 부리시던 아버지를 그리는 애달픈 눈물 한 방울

바리바리 광주리를 가득 채운 모종 씨락 이어 메고
밤낮을 지피시던 어머니를 그리는 애잔한 눈물 한 방울
말타기 사방치기 고무줄놀이 날이 저물도록 같이 노닐며
한시대를 나던 오누이를 그리는 그리운 눈물 한 방울

하얀 눈물 붉은 눈물로 반죽이 되어
내 주위를 맴돌던 그리움의 눈물
기쁨의 눈물로 간이 배인 송편 하나 입에 물면
세상의 모든 눈물을 한입에 마시는 거다

알록달록 색동저고리처럼 정성스레 고운 물 드리워진
송편 하나 입에 물면
지나온 날의 슬픈 기억들은 솔향에 스며들고
생의 남은 날에 대한 기대와 설레임은 희망으로 차오르게 하고
지친 어깬 다시 일어서 두 주먹 불끈 쥐게 한다

곱게 빚어 놓은 송편 하나 입에 물면
세상의 중심으로 내가 간다
힘이 솟는다 나도 모르게.

그냥그냥

바쁘다 바쁘죠 하루하루가
정신없이 가죠 하루하루가
그래도 잊지는 않으셨겠죠
누군가 당신을 애태우며 그리워한다는 것을

그냥그냥 산다는 것이
넣다 빼는 지갑 속의 지폐였다면
빼지는 않겠지만

오늘 내게 밀려든
외그리움은 견딜 수조차 없어
소리 없는 울부짖음이라도
한바탕 토해내야
꽃잠에 들 수 있을 것 같아서

그냥그냥
별도 잠든 밤하늘
어두운 구석에 숨어서라도
목메이게 울다 지쳐
선잠이라도 들겠나이다.

산사의 일침

누군가를 미워하고
누군가를 증오하고
누군가를 시기하고
누군가를 질투하며
길지 않은 생에 불행을 지으며
허허로이 살으려는가

산사에 번지는 풍경소리에 묻어온
한 줄기 바람이 일침을 주네

누군가를 한없이 사랑하고
누군가를 한없이 좋아하고
누군가를 한없이 칭찬하고
누군가에 한없이 베풀며
짧기만 한 생에 행복을 지으며
수고로이 살으려는가

산사에 울리는 목탁소리에 실려 온
한 줄기 햇살이 일침을 주네.

가갸여 네가 없었다면

가갸여 네가 없었다면
내 눈에 아롱지는
저 소담스런 뫼와 가람 푸르른 마루를
어찌 말로 나타낼 수 있었을까

가갸여 네가 없었다면
내 눈에 초롱지는
달보드레한 나의 다솜 나의 단미를
어찌 글로 그려낼 수 있었을까

가갸여 네가 없었다면
내 마음을 촉촉이 물들이는
애끓는 그리움을
어찌 글로 토해낼 수 있었을까

내 뜨거운 가슴 저 밑바닥에
꿈틀거리는 여운마저도
차마 빛을 보지 못했으리
가갸여 네가 없었다면.

입영 전야

슬픔의 눈물인가 기쁨의 눈물인가
덥수룩한 더벅머리 한 올 한 올 잘려 나가 발밑에 나뒹굴고
그 위로 흐르는 나의 눈물은

이제 끝인가 아니면 새로운 시작인가
아버지 우리 아버지 아버지의 그 아버지가 거쳐오신
낯선 세상 속으로 가야만 하네

아직 피다 만 꽃 한 송이여서
아직 여물지 못한 한 톨의 벼이삭이어서
밀려올 세상이 닥쳐올 세상이 두렵고 무섭기도 하겠지만
만개한 꽃밭이 되고 고개 숙인 황금물결을 이루기 위해
두 주먹 불끈 쥐고 큰 숨 한번 내뱉는다

언제 내가 가족을 그리워했었던가
언제 내가 부모님의 고마움을 뼈저리게 느낀 적이 있었던가
언제 내가 나 자신을 사랑한 적이 있었던가

오늘이 지나고 나면 낯설고 거친 세상에 육신을 맡기고
하루하루 시곗바늘에 촉을 세우고 상남자의 생을 살지언정
내게 주어진 그 모든 것들이 훗날 내게는 크나큰 축복이었음을
기쁜 마음으로 하나하나 알아가리라.

안녕하세요. 감사합니다.

안녕하세요 이말 한마디에
세상이 밝아지고

감사합니다 이말 한마디에
세상이 따사로워진다

안녕하세요 이말 한마디에
누군가 그어놓은
경계가 지워지고

감사합니다 이말 한마디에
누군가 세워놓은
장벽이 허물어진다

안녕하세요 감사합니다
이말 한마디에
굳게 닫혔던 마음이 열리고

나와 너
그리고 우리는 하나가 되어
불평불만 하나 없는 자연으로 돌아간다.

제 3부 사랑이야기

참, 좋다

참, 좋다
네가 곁에 있다는 것만으로도
혼자라는 생각에 깃든 외로움은
그리움의 꽃으로 피어나고
그리움은 꽃물 들어 눈물로 흘러도

참, 좋다
네가 내 곁에 있어서

참, 좋다
네가 옆에 있다는 것만으로도
혼자라는 생각에 물든 외로움은
쪽빛 하늘 구름 속으로 숨어들고
우리라는 사랑에 기댈 수 있어서

참, 좋다
네가 내 옆에 있어서.

그대 생각

그대 생각에 가끔은
눈물짓지만
슬퍼하거나 미워하지 않겠습니다

모락모락 피어오르는 그대와의 진한 추억에
입가엔 연한 미소 머금고
눈물은 은빛 꽃가루 되어 날아가기에

그대 생각에 때로는
그리움의 늪에 빠져도
슬퍼하거나 미워하지 않겠습니다

아른아른 떠오르는 그대와의 고운 사랑에
외로움은 흐르다 별빛에 잠들고
그리움이 깊을수록 사랑도 깊어만 가기에.

그리움이 잠들면

그리움이 잠들면 나도 잠이 든다
눈을 뜨면 그리움이 깃들고
눈을 감으면 그대를 만난다

그리움이 잠들면 그대가 내게로 온다
산을 넘고 물을 건너
보시시 내 품으로 그대가 찾아온다

또 다른 먼동이 트고 창문 틈새로 햇살이 들어설 때면
그대는 이미 떠났고 밤새 뒤척이던 눈물로 얼룩진 베갯잇엔
어느새 그리움이 들어앉는다

창밖에 이는 선한 바람에 그대를 향한 애달픈 그리움
고이고이 띄워 보내드리오니
가시는 발길 그대 발길 위에
사랑이란 두 글자로 새겨져 영원토록 지워지지 않으리.

나의 길

들판에 흐드러져 덕지덕지 자라나는
잡초 같은 인생으로 살으려는가
온화한 온실 속에 화사하게 피어나는
화초 같은 인생으로 살으려는가

뜨거운 햇살 아래 바람 한 점 없는 사막을 걸어도
언젠가는 목숨줄 이어줄 오아시스샘을 만나고
불타는 햇살 아래 이글거리는 자갈밭을 걸어도
언젠가는 땀방울 식혀줄 그늘도 만날 텐데

내가 가는 그 길 위에
삶의 희로애락이 줄타기하네

오늘은 힘에 겨워 손발이 부르트고 삭신이 사위어 새우잠이 들어도
내일이면 다시 가야 할 나만의 길이기에 원망도 미련도 심지 않으리
나의 길에 햇살이 비치고 먼발치에서라도
일곱빛깔 무지개 떠오를 날이 내게도 올 테니

가시밭길 돌밭길이라도 생긴 모습 그대로
소박한 나의 숨이 깃든 그 길 위로
소소리바람이 불어와도 꿋꿋하게 걸어가리라.

사랑 그리움 1

에메랄드빛 바다가 해를 품는다
풀잎을 타고내리는 이슬방울에도
동산에 우뚝 서 있는 아카시아에도
초록빛 대지마다 온통 해를 품는다

끓어오르는 가마솥 열기처럼
불타오르는 연인들 사랑처럼

푸른 것은 더 푸르고
엷은 것은 더 진하고
여린 것은 더 강하게
눈부신 햇살은 대지를 달군다

초록빛 바다가 해를 품는다
불같은 사랑의 힘으로

한낮의 열기를 다 뿜어낸 햇살은
서녘 하늘을 붉게 물들인다
댕기 풀어 제친 새색시의 쑥스러운 볼처럼
아쉬운 이별 앞에 마주한 연인들의 뜨거운 눈물처럼

내일이면 어김없이 찾아올 님이련만
어둠이 내리면 밀물처럼 몰려올 그리움으로
뜨거웠던 대지는
또 고개를 숙인다.

만약에

만약에 내가
당신을 만나지 않았더라면
지금 어땠었을까

밤이 되면 어김없이 찾아드는 그리움에
까만 밤 새하얗게 물들이다
뜬눈으로 새우지는 않았을 텐데

만약에 내가
당신을 알지 못했더라면
지금 어땠었을까

밤낮없이 돌고 도는 일상에
붉게 타는 노을 속을 정처 없이 흐르다
빛바래지는 세월 속을 홀로 걸었을 텐데

당신을 만나고 당신을 알아서
매일 밤 그리움에 젖어 울어도
무심한 세월의 늪에 빠져도

나는 외롭지 않네
나는 슬프지 않네
외로움은 그리움으로 이어지고
그리움은 내 고운 사랑으로 곰삭을 테니.

삶이 무게로 다가올 때

삶이 무게로 다가올 때
한 모금의 이슬로 목마름 채우고
한 톨의 이삭으로 허기를 채우고
그러고도 즐겁게 지저귀는 작은 새를 바라봅니다

삶이 무게로 다가올 때
알몸으로 둥지를 떠나면서도
날갯짓에 힘만 있으면 세상을 향해 포효하며
작은 나뭇가지 위에 노니는 어린 새를 바라봅니다

삶이 무게로 다가올 때
삶이 주는 무게보다 내가 쌓아 올린 무게가
더 무겁다는 것을
시간이 한참 흐른 뒤에야 알았습니다

삶이 무게로 다가올 때
파란 하늘 흰 구름 한번 올려다보며
꾸깃꾸깃 올려놓은 내 등짐 속에
욕심도 버리고 시기도 버리고
홀가분하게 가겠습니다

집착도 미련도 원망도 버리고
맨몸으로 태어나 여기까지 온 것을
합장배례로 감사해하며
가벼운 마음으로 가겠습니다

삶이 무게로 다가올 때
부화하지 못하는 아집의 껍질을
한껍질 한껍질 벗어버리고
그렇게 가겠습니다.

또 하루

너를 그리다
흘린 눈물로
또 하루를 물들인다

까만 밤 하얗게 지새우다
흘러내린 꽃물에
뒤척이던 베갯잇

동녘 갯너머로 새날이 오면
밤새 얼룩진 그리움은
어느새 고이 마르고

또 다른 하루를 몰고 오는
찬란한 햇살에
고운 사랑꽃은 다시 피리라.

연(緣)

스치듯 만난 연(緣)도
만나듯 스쳐 지나간 연(緣)도
소중한 인연(因緣)이련만

옷깃을 지나는 바람결에
저 멀리 가버린 꽃잎처럼
내 속에 담아두지 못함은

비좁은 내 가슴 때문인가
비좁은 내 마음 때문인가

세상에 정해진 건 아무것도 없고
한 걸음만 물러서 보면
날줄 씨줄로 얽히고설켜 사는 게 우리네 인생이련만

위아래로 구분 짓고
실리만을 쫓으려는 허튼 생각에
청초 같은 세월을 시설시설 허수로이 보내는구나

한 번뿐인 인생의 소중한 인연들을
쉬이 버린 채
정처 없이 흘러가는 뜬구름만 쫓는구나.

인연의 끈 – 부모와 자식의 연

옷깃만 스쳐도 인연이라는데
당신의 몸과 마음을 빌려 태어난 나는
당신과 인연 중의 인연입니다

겹겹이 놓여진 대기의 막을 뚫고
수천 수억 광년 우주를 날아
수많은 별 중에 가장 밝은 별로 생겨난 나는
당신과 인연 중의 인연입니다

생과 사의 갈림길에서
바라보는 곳은 달라도
당신과 나를 이어주는
그 인연의 끈을
영원히 놓을 수 없는 이유입니다.

내 옛살비의 달

어느 마루 아래 서 있어도
어느 마루 아래 머물러도 지지 않는 달이 있다
온 누리의 밤을 지키는 저 달은
새녘 동살에 소리 없이 물러서지만

소달구지 덜컹거리고
아카시아 꽃내음 물씬대던 늘솔길에
땅거미 내리면 이내 살포시 내려앉아
내 옛살비의 어둠을 가르던 그 달은 지지 않는다

다솜으로 엮은 이엉집 서까래에도
수수깡울타리 대추나무 가지마다 늘비하게 깃들어
여린 꼬마의 꿈을 도담도담 살지게 하던 그달은

흐르는 구름 따라 아스라이 멀어져 갔지만
아련한 혜윰만으로도 너울지는
내 삶의 아라를 밝히는 별찌로 남아 나를 살아가게 한다

내 옛살비의 지지 않는 달
나는 오늘도 그 속에서 잠이 들고
온새미로 내 삶의 너른 아라에는 윤슬만이 일렁인다.

(2017 순우리말 글짓기 공모작)

113

눈을 감으면

눈을 감으면 파란 세상이 보인다
나를 미워하는 사람도
내게 있는 증오와 노여움도
눈을 감으면 모두 용서가 된다
사는 게 힘들다고 느껴질 때
일이 생각처럼 안 풀려 의기소침할 때
남과 비교되고 내가 작아질 때
눈을 감으면 길이 보이고 위안이 된다

눈은 욕심을 불러오지만
눈을 감으면 평안과 만족이 찾아온다

눈은 앞만 보고 달리기를 주문하지만
눈을 감으면 더 넓은 세상과 소통하며
푸른 바다로 나를 인도한다
사람 때문에 속이 상하고
일 때문에 지치고 힘겨울 때
지그시 눈을 감으면
잔잔한 파도 넘실대는 마음의 소리를 듣는다

눈을 감으면 모두 용서가 되고
평화의 소리가 들리고
드넓게 펼쳐진 인생길엔 파란 세상이 보인다.

그 중에서 너를 만나 참, 다행이다.

이 세상에 태어나
들판에 널려 피는 들꽃으로 살으려나
오로지 하늘만 보고 오로지 땅만 보고

그 중에서 너를 만나
참, 다행이다

햇살 뜨거운 날에는 그늘을 찾아 더운 몸 식히고
메마른 대지 목마른 날에는
물을 찾아 갈라진 몸을 채우고

그 중에서 너를 만나
참, 다행이다.

살며 노래하며 사랑하며 슬퍼하며
산다는 게 무엇인지 사랑이란 무엇인지
알게 해주었으니

거센 비바람이 매서운 눈보라가
내 몸을 휘감아도 네 생각만으로도
지침도 쓰러짐도 없이
꿋꿋하게 버틸 수가 있으니

그 중에서 너를 만나
참, 다행이다.

뿌리

하늘을 떠받드는 웅장한 거목도
뿌리 하나 부실하면 폐목이 된다
싱그러운 솔잎향 한껏 뿜어내는 거대한 소나무도
곧은뿌리 심지 땅속 깊이 내린 만큼 하늘로 가까이 다가간다
밟히고 밟히고 또 밟혀도 되살아나는 하찮은 잡초라도
수염뿌리 심지 땅속 깊이 내린 만큼 혼탁한 세상 꿋꿋하게 버틴다

한 그루 나무라도 한 포기 잡초라도
곧은뿌리 수염뿌리 제 몸의 근원을
땅속 깊이 내리심고 인고의 세월을 말없이 지킬진 제

하물며 나와 너는 이 바람 저 바람에 쉽게 휩쓸려
갈 길을 헤매이고 있는가
깊든 낮든 구분하지 말고 힘들여 쌓아 온
인생 여정의 소중한 사연들 퇴색되어 바라지 않도록
본연의 모습으로 돌아가 보자
비바람 산들바람에도 흔들려 넘어가지 않도록
마음의 곧은 뿌리 곧은 심지 세상의 중심에 내려 올곧게 심어보자

폭풍우 몰아치고 거친 세파람에 시달려도
꺾이지 않는 갈대처럼
세상 속 깊이 심어둔 뿌리에 몸을 딛고
유연하게 살아가 보자.

정(情)

무어라 말할 수는 없지만
나와 너의 가슴속에 흐르는 그 무엇
그것 때문에 우리는 살고지고
살을 부대끼며 산다

화창한 날에도 우울한 날에도
우리의 가슴속에 머무는 그것
그것 때문에 우리는 사랑을 노래하고
슬픔을 노래하고 인생을 예찬하며 또 그렇게 산다

나와 너의 마음을 한없이 이어주면서도
보이지도 잡을 수도 없는 그것이
우리의 가슴속에 머물다 뜨거운 눈물 되어 흐르다
밝은 미소를 머금게 한다

그 뜨거운 정(情) 하나 때문에 우리는
오늘도 내일도 울다가도 웃음 지으며
그 진한 웃음 속에서 행복을 그리며
매일매일 새날을 산다.

산사에서

사랑이 반이면 슬픔도 반이요
만남이 반이면 이별도 반이라

화창한 햇살 드리웠다 가도
칠흑 같은 먹구름 찾아드는 것이
인생이려오

마음을 감싸 도는 선선한 바람 속에 있다가도
온몸을 베어내는 매서운 칼바람에 내몰리는 것이
인생 인생이려요

햇살이 멈추고 비바람 불어도
또다시 햇살 드리워지면
웅장한 숲이 되고 울타리가 되어
외딴 산사 지키는 상수리 나뭇가지 가지마다
인생의 희노애락이 깃들어 있네

굳이 말을 안 해도 굳이 힘을 안 써도
세상만사 인간지사 음양의 조화 속에
자연스레 흘러감이요

머리 위에 흐르는 한 조각 구름에
옷깃을 스치는 한 줄기 바람에
눈이 트이고 마음이 열리네

지나친 것도 부족한 것도 한낱,
마음에서 비롯되었음을
살포시 이는 바람이 속삭이듯
울림으로 전해주네

흐르는 것은 흐르게 하고
머무는 것은 머물게 하라고
그런 게 인생이라고

비좁은 내 속에 비좁은 내 눈에
세상을 담는다
산사에서.

제목 : 산사에서
시낭송 : 박순애

스마트폰으로 QR 코드를 스캔하면
시낭송을 감상할 수 있습니다.

두레박에 담긴 인생

사는 게 부족하다 생각하지 마세요.
곰곰이 돌이켜보면 넘치고 넘쳐서
허수로이 버려지는 게 인생일지도 모릅니다

사랑이 부족하다 말하지 마세요.
가만히 뒤돌아보면 흐르고 흘러서
헛헛하게 날아가는 게 사랑일지도 모릅니다

사는 것도 사랑도
두레박처럼 담을 수 있을 만큼만 채워보세요
그 조그만 두레박을 온전히 채우지도 못하면서
흘러넘치는 것을 아쉬워하시나요

그 조그만 두레박에 차지도 넘치지도 않을 만큼
담겨진 당신의 인생은
정말로 값지고 소중한 인생입니다

그 조그만 두레박에 차지도 넘치지도 않을 만큼
담겨진 당신의 사랑은,
정말로 멋지고 애틋한 사랑입니다

넘쳐서 버려지지도 흘러서 날아가지도 않을
두레박에 담긴 인생
두레박에 담긴 사랑
함초롬히 미소지으며
뜨거운 가슴으로 품어보세요.

그 사람

잔잔한 내 가슴에 너울지게 하는 이
그 누구인가

까만 밤 새하얗게 지새우게 하는 이
그 누구인가

가까운 듯 멀어지고
멀어진 듯 되가까워지고
내 것인 듯 아닌 듯

세상을 호령하던 나를
웃겼다 울렸다 하는 이
그 누구인가

그 사람 앞에만 서면 한없이 작아만 지고
철부지 애가 되게 하는 이
그 누구인가

그 사람 바로 당신 당신은
영원한 나의 동반자요 보배요
영롱한 햇살입니다.

비 련(悲戀)

칼날에 베인 살갗을 파고드는 고통처럼
적막함에 묻혀가는 겨울의 빈 뜰에 서면
가슴을 에는 그리움에 내가 젖는다
내 마음이 운다

거적때기에 몸을 숨겨도
낙엽덤불에 몸을 가려도
밀물처럼 몰려오는 그리움에 목메인 눈물은
시린 가슴을 적시고
고요함에 잠든 겨울 숲
그 텅 빈 자락에 나를 뉘운다

모두 떠나고
홀로 남은 앙상한 나뭇가지 사이로
잿빛 구름을 모는 한가락 바람 소리에도
내 가슴은 피멍이 들고

횃불처럼 타오르는 너를 향한 애타는 그리움
마를 길 없는 뜨거운 눈물에
내가 젖는다
내 가슴이 운다.

제목 : 비련
시낭송 : 박태임
스마트폰으로 QR 코드를 스캔하면
시낭송을 감상할 수 있습니다.

천 사

오늘 밤도
달빛 어린 커튼 사이로
천사의 얼굴을 본다

잘나지도 가진 것도 없는 내겐
너무나도 과분한
곱디고운 천사의 얼굴

긴긴 세월 하루도 변함없이
제 목소린 숨죽인 채,
내 마음의 등불이 되어주고
내 영혼의 휴식이 되어주던

어느새 고왔던 그 얼굴엔
잔주름 두어줄 베어 있고
새치머리 한 움큼 삐져나와도,
장미꽃보다 백합꽃보다
훨씬 더 고운 천사의 얼굴을 본다

그 이마에 조용히 입맞춤하고 나면
영원히 변치 않을 사랑
가슴에 아로새겨지는 당신은

당신은
천사라는 또 다른 이름을 가진
나만의 아내요 나만의 남편입니다.

사랑 그리움 2

그리움이 쌓이면 눈물이 흐르고
눈물이 고이면 사랑꽃이 핀다
청솔잎에 달그림자 숨어들면
파르르 떨던 창포 잎새 위로
밤이슬 머금은 달맞이 꽃잎 위로
님을 그리는 애틋함이 내린다

행여 님이 오실까
살며시 열어놓은 창문 틈새로
달빛에 실려 온 님 생각에
노란 벼갯닢에 하염없이 수를 놓는다
눈을 감아도 눈을 떠봐도
가까이 왔다가는 이내 멀어지는
님의 고운 얼굴 가녀린 숨결에
뒤척이던 그리움은 눈물꽃이 되고
까만 밤 새하얗게 지새우고 나면
사랑꽃이 핀다

보고픈 그대의 하얀 미소
애잔한 그리움에 사랑꽃이 피면 그대가 온다
한 아름의 사랑을 안고
자욱하게 수놓은 그리움의 내음따라
사랑스런 그대 나의 그대가 한걸음에 내게로 온다.

내 그리움

서쪽 하늘 멀리 저 너머로
붉게 타오르던 노을이 지면
애써 기다리지 않아도 넌 내게로 온다

별빛 나부시 내린 창가에 앉아
고(孤)한 눈물 수놓는 나를
시린 눈빛으로 보듬으며 넌 내 곁에 머문다

달빛도 잠들고
보랏빛 사랑의 향기에 취해
그대를 그리다 내 곁에 머물던
내 그리움이 떠나면

밤새 피어난 사랑의 온기 가슴에 가득 안고
다시 날아가리오
사랑스런 그대의 품으로
내 그리움을 따라서.

행복을 주는 사람

기쁠 때나 슬플 때나 밀물처럼 잠겨오는
낯선 그리움에 잠 못 이룰 때도
별빛에 쏟아지는 추억을 가슴으로 맞으며
흥에 겨운 콧노래 부를 수 있는 것은
당신 때문입니다

힘들 때나 괴로울 때나 썰물처럼 빠져가는
텅 빈 외로움에 잠 못 이룰 때도
달빛에 숨어드는 사랑을 가슴으로 새기며
연한 미소 눈웃음 지을 수 있는 것은
당신 때문입니다.

언제나 어디서나
수수한 별빛이 되고 따스한 달빛이 되어
내 곁을 맴돌며 위안이 되어주는
당신은 참, 고마운 사람입니다

당신은 진정으로 내게 행복을 주는 사람이어서
내 생이 다하는 그 날이 와도
영원히 사랑할 수밖에 없는
참, 고마운 사람입니다.

세상이 나를 힘들게 해도

세상이 나를 힘들게 해도
나는 세상을 버릴 수가 없습니다

아니 오히려 있는 힘을 다해 그 세상을
꼬옥 안아주렵니다
내게서 멀어지지 않도록

그 속에 청아한 미소 지으며
내게 손짓하는
당신이 있기 때문입니다

세상이 나를 지치게 해도
꾸욱 참아내고 이겨내고 승리하렵니다

내일이 오면 또 다른 꿈을
부푼 희망을 잉태할
새로운 태양이 떠오를 테니까요

당신의 하얀 미소 고운 숨결이
지쳐 쓰러진 나를 다시 일어서게 합니다

세상이 나를 힘들게 해도
나는 세상을 버릴 수가 없습니다
그 속에 손짓하며 나를 부르는
당신이 있기 때문입니다.

비 오는 날에는 그리워하지 말자

비 오는 날에는 그리워하지 말자
잡을 수도 담을 수도 없는 가이없는 그리움에
가슴마저 시려오는데
비에라도 젖어버리면 마음마저 서럽다

비 오는 날에는 그리워하지 말자
차라리 창빗살에 온몸을 던져
비에 젖어 날지도 떠나지도 못하는 애절함이 깃든
이 못난 그리움을 활개활개 씻어 버리리

비 오는 날에는 그리워하지 말자
비에 젖어 비바람에 휩쓸려 가도
나약함에 빠지지도 외로움에 방황하지도 말고
차라리 나를 반겨줄 꿈을 만나러
차라리 나를 반겨줄 둥지를 찾으러
작달빗속이라도 뚜벅뚜벅 헤쳐 가보자.

빈 하루

오늘 하루는 비워 두겠습니다
분주하게 돌고 도는 쳇바퀴 속에서
하루라는 시간의 굴레 속에서
순간순간 열심히 살아가지만

동분서주 움직이며 나의 흔적을 남기고
하루라는 시간의 백짓장 위에
한 점 한 점 여백을 채우기도 바쁘겠지만

오늘 하루는 비워 두겠습니다
당신이 있어야 할 이 자리
언젠가 당신과 내가 채워 갈 그날을 위하여

장미빛 꽃웃음은 아닐지라도
검게 그을린 너털웃음이라도
손에 손 맞잡고 함께 할 새날을 위하여

오늘 하루는 비워 두겠습니다
화려한 꿈은 아닐지라도
붉게 물들어가는 석양을 바라보면서
볼에 볼 부비며 함께 할 새날을 위하여

오늘 하루는 마음마저
비워 두겠습니다.

모정의 세월

핥아주고 깨물어주고
얼러주고 달래주고
자식을 사랑하는 어머니의 정보다
고귀한 것이 또 어디 있을까

말 못 하는 짐승이라도
모정의 깊이는 한이 없어라

어미는 새끼를 새끼는 어미를
어르고 따르는 사슴의 진한 생을 바라보며
꿈틀거리는 기억 저편에
내게도 사무치는 기나긴 모정의 세월이 있어
내 여기까지 왔노라

천만번의 인사로도 갚을 수 없는
살가운 모정의 세월에
한없는 고마움과 감사의 마음으로
눈시울이 뜨거워진다.

정녕 그대를

정녕 그대를 사랑합니다
이 몸이 죽고죽는 날까지 그대를 사랑합니다
해가 지면 여지없이 어둠은 내리고
쓸쓸한 골목길에 홀로 피는 가로등 불빛만이
내 어깨 위로 내려앉아 고독의 찬가를 불러 주겠지만
정녕 그대를 사랑합니다

정녕 그대를 놓지 않으렵니다
이생이 다 해지는 날까지 그대를 놓지 않으렵니다
봄이 가면 여지없이 겨울은 찾아오고
허전한 올레길에 생을 다한 구릿빛 낙엽만이
내 발밑으로 나뒹굴며 외로움의 향연을 더해 가겠지만
정녕 그대를 놓지 않으렵니다

정녕 그대의 고운 눈 고운 입술
고운 머릿결을 매일같이 보듬을 수는 없지만
그대는 언제나처럼 얼룩지고 구겨진
내 마음을 하얗고 반듯하게 펼쳐줍니다

정녕 그대를 사랑합니다
이 몸이 죽고죽는 그날까지
정녕 그대를 놓지 않으렵니다
이생이 다 해지는 그날까지.

당신은 어느새

수없이 많은 해와 달을 만나봐도
당신 같은 사람 없더이다

그냥 옆에 있어 주는 것만으로도
마음이 편안해지고

굽이굽이 산과 들을 돌고 돌아봐도
당신 같은 사람 없더이다

그냥 곁에 있다는 생각만으로도
마음의 위안이 되고

당신은 어느새
내 마음을 밝히는 십자성이 되고
내 마음을 울리는 종달새가 되고

나를 뜨겁게 뜨겁게
암팡지게 살게 하는 마음의 등불이 되고

당신은 어느새
메마른 내 마음의 대지에 촉촉이 스며들어
뗄레야 뗄 수 없는
내 삶의 일부가 되었습니다.

우 리

세상이 두 쪽 나도
될 수 없는 것

내가 네가 되고
네가 내가 되는 거

그래도
내가 믿는 단, 한가지

내 마음과 네 마음이 통하면
우리가 되고

나와 네가
우리가 되면

우리는 더 강해지고
우리는 더 행복해질 수 있다는 거

쪽빛 하늘 푸른 바다
깊고 넓은 그곳에
우리를 심는다.

내 마음을 널자

겨우 일 년 묵은 논밭 흙도
거름을 뿌리고 꾹꾹 뒤집어야
뽀얀 속살의 고운 황토흙이 드러나
만물이 움트는 보루가 되는데

평생을 어두운 내 속에 갇혀만 있어서
굳을 대로 굳어버린
내 마음은 어떨까

오늘처럼 바람 불고
햇볕이 쨍쨍한 날에는
꼭꼭 닫혀있는 내 마음 깊은 그곳 밑바닥까지
덧문도 활짝 열고 빗장도 내려

꼬질꼬질하게 얼룩지고 케케묵은
마음을 조심스레 끄집어내어서
흐흐는 맑은 물에 고이고이 빨아 널어
양지바른 곳 선한 바람결에 뽀송뽀송 말려보자
내 마음을 널자.

눈 물

뉘라서 모르리까
서낭당 불 지피시던
어머니의 눈물은 나를 키우는 씨앗이 되고,
아버지의 눈물은 나를 살리는 거름이 되어
내가 또 살아지는 것을

뉘라서 모르리까?

당신은 누구시길래
– 아내에게 바치는 노래

당신은 누구시길래
메마른 내 마음의 대지에 촉촉한 찬비 뿌리시나요
당신은 누구시길래
어두운 내 마음의 창살에 찬란한 햇살 내리시나요
당신은 누구시길래
황량한 내 마음 깊은 그곳에 정열의 불꽃 지피시나요

당신이 뿌려주신 촉촉한 찬비는
내 그리움의 씨앗이 되고
당신이 내려주신 찬란한 햇살은
내 사랑의 씨앗이 되고
당신이 지펴주신 정열의 불꽃은
내 영혼의 씨앗이 됩니다

나, 하루를 살아도 일 년같이 십 년 아니 백 년같이
영원토록 당신과 한 몸 되어 살아갑니다
당신은 누구시길래

당신은 누구시길래
내 속에서 호흡하고 내 속에만 살아
모진 가시밭길 따라가려 합니까

당신은 영원히
시들지 않을 떠나지 않을
나의 그리운 사랑입니다.

시월이 오면

시월이 오면 돌아가게 하소서
새해 첫날을 맞는 순간
환희와 설레임에 두 주먹 불끈 쥐던
그 순간으로 돌아가게 하소서

시월이 오면 사랑하게 하소서
푸르던 날의 뜨거웠던 사랑은
낙엽 따라 흩어지는 갈바람에 날리어도
그 모든 것을 사랑하게 하소서

시월이 오면 쉬어가게 하소서
첩첩이 넘어오던 산기슭 구비구비마다
무거운 발자국 갈 길은 구만리라도
잠시 내려놓고 쉬어가게 하소서

시월이 오면 감사하게 하소서
쪽빛 늘 푸른 바닷물에 가슴은 시려오고
애끓는 벌레 소리에 마음은 요동을 쳐도
아득히 번져오는 평화로움에 감사하게 하소서

시월이 오면 한세월은 후회만 남기고 떠나가도
사람은 사람 속을 떠날 수가 없기에
곱살스런 마음만은 늘 그 자리에 머물게 하시옵고
이 몸이 버틸 수 있을 만큼
누군가를 그리워하고 사랑하며 살게 하소서.

그대의 향기

달무리 잿빛 구름 속으로 숨어들어도
그대의 향기가 있어
은은한 사랑빛에 향긋한 세상이네요

세파에 밀려 허허벌판에 내몰려도
그대의 향기가 있어
몰려오던 외로움도 친구가 되네요

때로는 그대의 향기에 취해
몇 날 며칠을 어둠 속에 갇혀
가슴엔 피멍도 들겠지만

그대의 향기가 온몸에 배여 있어
민둥산인 내 가슴에 꽃향이 가득
사랑이란 열매 탐스럽게 익어가네요

유수 같은 세월의 징검다리를 하나둘 건널 때마다
지친 목마름으로 힘에 겨운 세상을 만나도
용기를 내어 뚜벅뚜벅 내디뎌 갈 수 있네요
그대의 향기 때문에.

당신은

당신은 하늘입니다
높고 푸른 하늘입니다
맑은 날에는 따사로운 햇살로 찾아오고
흐린 날에도 해맑은 얼굴로 찾아옵니다

당신은 바람입니다.
송글송글 맺힌 땀방울을 식혀주고
답답한 가슴까지 뚫어주는 시원한 바람입니다

당신은 별입니다
지평선 너머로 어둠이 내려도
고운 빛으로 길을 밝혀주는 고마운 별입니다

당신은 사랑입니다
모래언덕 바람 한 점 없는 사막에 떨어져도
그리움으로 목축이고 뒤돌아서면
다시 미소짓게 하는 포근한 사랑입니다

당신은 하늘이요, 바람이어서
당신은 별이요, 사랑이어서
생의 여정에 지쳐 오늘은 쓰러져도
내일이면 두 손 내밀어 나를 세워주는 영원한 동반자입니다.

그리움이 산을 넘어

이제나 오시려나! 저제나 오시려나!
보고픈 님의 얼굴 하나, 둘, 셋
바람에 하늘거리는 나뭇가지에
어둠이 내려앉은 장독대 위로 아물거리네

이제나 오시려나! 저제나 오시려나!
반가운 님의 소식 하나, 둘, 셋
밥 짓는 굴뚝 따라 퍼지는 연기 속에
달그림자 쉬어가는 창문 틈새로 가물거리네

어제도 오늘도 기다림에 지친
애타는 그리움만
서산 너머 저무는 검붉은 노을 따라
흐느적 흐느적 산을 넘고 또 넘어가네

그리움이 산을 넘으면
정다운 내 님의 얼굴
그제야 만날 수 있으려나.

그대 내 곁에 있음에

그대 내 곁에 있음에
내 작은 가슴 비 오는 날에도
찬란한 햇살 떠오릅니다

그대 내 곁에 있음에
내 작은 두 눈 어둠이 찾아와도
영롱한 빛으로 타오릅니다

그대 내 곁에 있음에
내 작은 두 손 넘어져 피멍 들어도
훌훌 털고 다시 일어섭니다

그대 내 곁에 있음에
낯선 곳 홀로 가는 이방인 되더라도
외로움 등에 지고 가더라도 하얀 미소 지울 수 있습니다

그대 내 곁에 있음에
그대 향한 참사랑 내 속에 있음에
산이 막고 물이 앞을 막아서더라도
언제나 매일같이
같이 살아 입맞추고 같이 살아 호흡하고
영원히 함께할 겁니다

그대 내 곁에 있음에
매일 그대 앞에 나는 작은 동산이 되고
매일 내 앞에 그대는 작은 별이 됩니다.

사 랑

콕 집어서
말할 순 없지만
내가 잠 못 드는 건

내 속에
니가 있기 때문이야

아마도
내게
사랑이 찾아왔나 봐.

당신의 향기

몇 가락 남은 갈대의 하얀 촉수만이
댑바람에 흐느적거리는
황량한 겨울 들녘

갈 길 잃은 잿빛 구름만이
텅 빈 겨울 하늘을 휘젓고
스산한 겨울바람은 오기를 부려도

한 걸음 한 걸음 나갈수록
볼을 찌르는 칼바람 속에도
당신의 향기는 짙게 묻어와

결바람 세찬 한기로 얼어붙은 내 심장에
따사로운 온기를 불어넣어
사랑의 등불을 밝혀주네

적막함이 깊어가는 겨울 들녘
그 쓸쓸함에 발길이 묶여도
달보드레한 당신의 향기에 취해
귓불을 때리는 댑바람 소리마저 정겹다.

자연과 사람 그리고 사랑

홍성길 시집

2019년 11월 29일 초판 1쇄
2019년 12월 4일 발행
지 은 이 : 홍성길
펴 낸 이 : 김락호
디자인 편집 : 이은희
기 획 : 시사랑음악사랑
연 락 처 : 1899-1341
홈페이지 주소 : www.poemmusic.net
E-Mail : poemarts@hanmail.net

정가 : 10,000원
ISBN : 979-11-6284-160-0